JN108545

ゴーインにマイウェイ3

～俺が見つけた地上の星たち～

地上の星発見者　川村光一

「ゴーインにマイウェイ3」の刊行によせて　〜光の彼方へ〜

常々、思うことがある。

よく「エネルギッシュな人」と言うけれど、生まれ持ったエネルギーは、皆平等ではないか、そのエネルギーをどこに向けるかで人生の充実度は変わるのだと思う。人と比較したり、周りにどう思われるかを気にして他人軸で生きていると、脳内が作る暗黒のモンスターにエネルギーは奪われる。常に「夢」の実現や「目標」の達成にエネルギーを向けている人は、非常に稀な存在だ。

『名は体を表す』…川村光一氏を見ていると、自分の持つエネルギー全てを「未来」という光の彼方に向けていると感じる。

初めてお会いしたのは5年前、とあるパーティーで。たまたま隣に座り、少しお話しして「魂の温度の高い人」だと感じた。それ以来リアルでお会いすることがなかった彼から、メッセンジャーで連絡をもらった。「自らが輝くだけでなく周りに光を与え続ける《地上の星》を著書で紹介したいのだが、インタビューさせてもらえないか」というオファーだった。

「面白そう」と思った私は、すぐに承諾した。私の行動や選択の基準は、「ワクワクするかどうか」で、恐らくこれは彼と共通する点だ。インタビューを受けてみて、話の引き出し方のうまさに驚いた。人に興味がなければここまで人の話を巧みに聞き出せない。単にこれまでの経験の羅列だけでなく、その時私がどう感じ、どう成長したと思うかも問うてくる。

恐らく彼の人生に後悔はないだろう。いつも全力投球だからだ。でもそれを人に押し付けたりはしない。良い意味で自分は自分、人は人という考えが根底にあり、その人の個性をまるっと受け入れている。これは教師とし

て、最も大切な資質なのではないだろうか。

二人の子供の親として、日本の教育は没個性を生む傾向があると感じていただけに、彼のような存在は、子供達に光を与えると思う。ただ熱血なだけではない。時折見せる少年のような天真爛漫さにクスッとなる。好奇心もいっぱいで、お酒をほとんど飲めないのに、私の主催する紳士と淑女のためのワイン講座「モテモテワイン道！」に参加してくれた。

「感動のある人生を」と彼は言う。感動ってなんだろう。感動とは、その時、その一瞬、心が動き、震えることだ。だからやりたい事があればすぐにでも始めて、会いたい人に会いに行く。そんな「いつか」を「いま」に変える強さが彼の原動力の秘訣だ。

何年生きていても、そこの曲がり角を曲がるとまだ見ぬ景色が広がる。人生は壮大な暇つぶし。だからこそ何かに熱狂し、強引なまでに熱い想いを形にする。そんな想いを持てば、人生の一瞬一瞬は、「暇」とは程遠い、かけがえのない時間の連続となる。

「いや〜！佳奈さん、人生ってほんと面白いよね！」そんな彼の明るい笑い声がどこからか聞こえてくる。彼が見つけた「地上の星」たちを、とくとご堪能あれ。

有限会社リュミエール代表取締役　Mrs. Globe Classique　日本代表
紳士と淑女のためのワイン講座「モテモテワイン道！」主宰
ファスティングサロン Life is Art 主宰　　　　　　　　今村　佳奈

『俺が見つけた地上の星たち』こそ極上のエンターテイメント！

　俺が大好きな漫画に「ジョジョの奇妙な冒険」（荒木飛呂彦作）がある。そして、その中のスピンオフドラマ（マンガ）に「岸辺露伴は動かない」と言うのがある。その主人公は、*「heaven's door」* という名のスタンド（力を持った守護霊的な物）を持っている。主人公が *「heaven's door」* と叫ぶと、主人公の前に立っている人は、意識を失い、顔の部分が過去の記録を記した本になっていく。そしてこうつぶやく「**この実際のリアリティこそ、極上のエンターテイメントだ！**」そう、彼は人の過去の人生を読みそれをベースに漫画を描くのだ。

　自分が、この「俺が見つけた地上の星たち」を書いている時に、この漫画と同じだと思った。つまり、俺は、今まさに輝いている人達の人生を読み、それを文章にしているからだ。そして岸辺露伴が言うように**自分の人生を堂々と歩いている人たちの人生は、読者がワクワクするストーリーの連続なのだ。**

　ここでは、１５人の地上の星たちが描かれている。英語界では、英語の巨匠・故松本道弘先生をはじめとして、今仁公美子先生、赤塚祐哉先生、西澤ロイ先生、安河内哲也先生、中嶋洋一先生、北原延晃先生。芸能関係では、澤村翔一さん（プリンセス天功魔術団団長）、岬千泰さん（女優・岬企画運営）、美原奈緒さん（アラフォーアイドル）、まるやゆういちさん（写真家）、今村佳奈さん（「Life is Art」主宰・モデル）宮原芽映さん（シンガーソングライター）、田中克成さん（講演家／出版プロデューサー）そして異色なのは、本田聡先生（体育教師・サハラマラソン出場者）である。

　実は、俺も岸辺露伴のようなスタンドを持っている。それは **「ピカイチアカデミア」** という SNS の番組。ここでのインタビューが、本になっている。そう、彼らの生の声が本になったのである。まさに「**輝いている人の人生こそ、『極上のエンターテイメント』なのである**」

　では、極上のエンターティメントをご堪能あれ！！！

地上の星発見者　　　　　川村　光一

目　次

松本先生と　　　　地上の星発見者　　　　赤塚先生・細先生ご夫婦と（大島で）

3人の美女英語教師に囲まれて🖤　　　　北原先生、田尻先生最高！

横浜中華街での懇親会　　　　央大学駿河台記念館での橋架村塾勉強会

橋架村塾勉強会　中嶋洋一先生と　　　　橋架村塾勉強会　安河内哲也先生と

澤村翔一さん、岬千泰さん

ハロウィンカウボーイ

アメリカにて

敬愛大学での講演

おお、希望の光が　☆彡

ペタンク大会　第3位

ペタンク団体戦メンバー

ゴーインにマイウェイ2　出版記念パーティ💗

アラフォーアイドルと俺

第1章　ゴーインにマイウェイ　3　『俺が見つけた地上の星たち』

　空にある星は、夜空に美しく輝き、誰もが仰ぎ見ることができるが、遠く離れていて手を触れることができない。しかし、地上の星は、光り輝いていることを多くの人が気づくことはないが、確実にその輝きは身近な人たちを照らしている。しかも多くの人が手の届く距離にいる星なのである。そして彼らの光を受けている者も、やがて輝き始める。それが地上の星。俺は彼らの輝きをここに記すことで、身近にいる星に気付いてもらい、より多くの人が輝き始め、この世の中を明るくしていくきっかけを作ろうと思い、彼らにスポットを当てた。そう、**次の地上の星は「あなた」だ！**

1　地上の星の一人になる決意

　紆余曲折の末、大学3年までは俺は世界を股にかけて活躍するジャパニーズビジネスになろうと考えていた。しかし、人生には必ず転機というものがある。

　大学3年の1月、俺はある女子高校生の家庭教師をすることになった。任された課題は、進級試験の追試に受かること。その生徒は真面目なのだが飲み込みが悪く、週に2回の家庭教師では、進級のための追試に受かるのは時間が足りず不可能だと思った。そこでバイト代は度外視して、毎日のように家に通い教えた。

　その努力の甲斐あって彼女は追試に合格した。一言お祝いを言ってあげようと彼女の家に行った。その時、彼女から、まさに人生のミッションを授かったのである。「お兄ちゃん、**私たちみたいな生徒は、どんなにできなくても見捨てないお兄ちゃんみたいな先生を待ってるんだ。ね、だから先生になりなよ、お兄ちゃん。**」彼女の顔はもう涙でグショグショである。その時、俺は突き上げるようなものすごい感動に包まれた。俺の人生のコンパスが揺れ始めた。そして大学4年の教育実習での経験で決定的となった。教育が持つ魅力のとりこになったのだ。「俺は、世界を舞台に大活躍するジャパニーズビジネスマンになるのではなく、勉強ができなくて、俺を待っている生徒のための先生になろう」と決心したのである。そう俺を必要と

している生徒たちを照らす「地上の星」になろうと。

2 40年に渡る中学校英語教師にピリオドを打つ

　令和4年3月31日、中学校英語教師という役割にピリオドを打った。自分は地上の星になれただろうかという問いに、ある生徒の感想がその答えをくれた。

　『1年間本当にありがとうございました。川村先生の授業とっても楽しかったです。先生のおかげで英語が、大大大好きになりました。これから、もっと英語を勉強して先生を超えるくらい英語ができるようになります。絶対です。川村先生の授業が受けられないのは死ぬほど悲しいけど、2年生（中学2年生）になっても英語の勉強頑張ります。いつかは必ず100点を取ります。（俺が教えてる時、毎回定期テストは100点めざしてた）もう先生は私の英語の担当の先生ではなくなっちゃうけど、先生は私の人生を変えてくれた大切な先生です。先生は私の心の中では一生、とってもとっても大切な先生です。』

　これを読んで、俺は涙した。それと同時に俺が中学校でやる仕事はこれで終わったと思った。たくさんの生徒たちが光り始めたからだ。そしてその光は保護者にも届いたようだ。これがある男子生徒の母親からの手紙だ。

　川村先生

　この度は定年退職を迎えられるにあたって誠におめでとうございます。
　　　が栄東に入学し、最初に川村先生の英語の授業を受けてきた日の事がとても印象深く残っております。目を輝かせながら先生の話を沢山嬉しそうにしていた日から、先生の授業のある日にはほぼ毎日!!嬉しそうにその日の授業でのことを話しておりました。
　完全に川村先生ワールドに引き込まれた　　を見ていて親である私も　もっと英語を勉強してみたい!とまで思うようになりました。私自身の意識が変わったことで。♪　　の第二も急激に英語に対しての興味や本が明らかに変化した一年でもありました。

生徒達を惹きつける楽しく理解しやすい授業をして下さったこと、そしてこのご指導に心から感謝申し上げます。
　　は急に海外にも興味が出てきているようです。何かありましたら相談に乗って頂けると有難いです。
　もう学校での先生の話が聞けないのは寂しいのですが、川村先生のさらなる発展とご活躍を心より願っております。本当に有難うございました。

　しかし、勉強会を主催していろいろな講師の先生と知り合い、フェイスブックでたくさんの人と繋がっているうちに、俺なんかよりももっと光り輝く地上の星がいることに気が付いた。有名になることやお金持ちになることは度外視して、愚直なまでに自分の使命や夢や仕事に打ち込み、周りの人に光を与える人たちがいることを。

　それを知ったら、いてもたってもいられず彼らにスポットを当てて、彼らを知ってもらい、もっとたくさんの人に夢や希望を与えて世の中を明るくしたくなったのである。

　そして、生まれたのがこの「ゴーインにマイウェイ3　〜俺が見つけた地上の星たち〜」である。

　この本を読んで、あなたの心に光が差し、あなた自身が光り輝き始めることを心から願う。

第2章　俺の見つけた地上の星たち

　空にある星は、夜空に美しく輝き、誰もが仰ぎ見ることができるが、遠く離れていて手を触れることができない。しかし、地上の星は、光り輝いていることを多くの人が気づくことはないが、確実にその輝きは身近な人たちを照らしている。しかも手の届く距離にいる星なのである。そして彼らの光を受けている者も、やがて輝き始めていく。　それが地上の星。

　そして、まずは地上の星の中でも燦然と光り輝く英語界の巨星松本道弘先生からご紹介したいと思う。

1　地上の巨星　弘道館館長　唯一無二の英語教育者　　　松本道弘

　松本道弘先生を表す3つの言葉をまず紹介しよう。それは「サムライ」「英語（居合）道」「波動英語」である。言葉の意味は順次説明したいが、その基本にはサムライ魂があるとインタビューをする中で実感した。

　その松本道弘というサムライが形作られていくところを時系列に沿ってお話したいと思う。

　松本先生は、小学校1年生からなんと反抗期にはいっていた。ある夏の全校朝会で松本少年はきちんと列に並ばなかったので、教師に呼ばれ、なぜきちんと並ばないと指導されたのだが、反抗的態度をとったため殴られた。その後、教師が再度指導しても素直な態度がとれなかったので、また殴られた。すでに、今の骨太の性格がうかがわれる。（この後からは敬称を略します）

　中学生になり、その反骨精神はより強いものになっていった。松本は、体育の授業をさぼった。当然、体育教師から強い指導を受けるが、頑として体育の授業を欠席した。しかし、それには理由があった。実は家が貧しくて体育で使うトレパン（体操着）が買えず、それが恥ずかしくて体育の時間をさぼったのだ。もちろん、そんな理由を言えるはずもない。教師にもメンツがあるので松本が折れるまで何度も強い指導をした。しかし、松

本は折れなかった。体育教師はもう直接指導では松本は根をあげないと確信した。そこで教師は奥の手を使い始めた。「おい、松本。高校を受験するときに内申があるのを知っているか。」その時、松本は中学3年生であった。つまり、高校受験する時に提出する成績をちらつかせたのである。もちろん、成績表だから、各教科の成績も記すが、人物評定を書く欄もある。そこに生徒指導上問題ありと書かれるとかなり不利になる。

　教師はこう続けた。「生徒指導上問題ありと書かれたら、不利になるだろうなあ。親は泣くだろうなあ。お前公立に行くんだよな。でもこのままだとかなり進路、難しくなるぞ。その覚悟がお前にはあるんだな。」と言われ、彼は黙った。親を泣かせたくないし、私立に行くほど家に余裕がない。松本は泣く泣く謝ることにした。

　俺は見事なまでのその反骨精神はどこから来るのか、彼に聞いてみた。「松本先生の、その半端ない根性の強さはどこから来るんでしょうか。」「そうだなあ、まずは自分は兄がいて妹、弟がいたことに大きな原因がある気がするかな。兄に負けたくないことと、弟や妹を守らなくてはいけないという家庭環境があったからかもしれない。父親は東京に働きにいっていたので母親が一人で育ててくれたのだが、長兄が父の代わりをしていたので、いろいろ強い言葉で俺たちに命令してくる。その兄から俺は弟や妹を守ろうと必死に戦っていたんだ。俺には守るものがあったから、小さい頃からリーダーとして素質を鍛えられたかもしれない。」彼にとっては毎日が訓練の場だったのだ。

　俺は、当然彼は中学生のころから英語が得意だと思っていたが、彼の答えはこうだった。「英語は大嫌いだったね。特に英文法が数学の方程式みたいで苦手だし面白くなかった。国語は得意だったんだけどね。でもある時隣の学校の森野校長先生が臨時で英語を教えに来てくれた。その時だね、衝撃が走ったのは。英語の発音は抜群だし、楽しく英語を教えてくれんだ。英文法もストーンと腑に落ちた。その時、授業は真剣勝負なんだと感じたんだね。本当にすごい先生だった。」　その時、俺は思った。やはりすごい人たちには、衝撃的な出会いがあるんだなあと。彼はもう一つ面白いことを話してくれた。「英語の語順にSVOがあり、Vは、動詞verbだが、私

は、ヴァイブレーションのVだと思っている。つまり波動だ。言葉に感情が乗ると波動になるんだ。」ここで初めて波動英語という言葉を聞いた。

　彼は、関西学院高等学校に入学する。その時はもう英語は得意になっていたのだが、当時その学校には珍しく外国人の先生がいた。彼は、その先生に違和感を感じたという。それは、その外国人の先生が言っている英語が全く分からなかったからだ。これは俺の推測だが、ネイティブの英語は速いし、そうするといたるところにリエゾンやリンキング（音が続いてくっつくこと。例えば an apple がアナポーになること）が出てくる。また、また彼の反骨精神が頭を持ち上げる。彼は友達に、「あの先生、怒っているのはわかるが、俺に何て言ってるんだ、ゲラ、ゲラってなんだ。」「松本、あれはな、お前がうるさいから get out （でていけ）と言ってるんだ。」「そうか俺はゲラゲラ笑いたいと言ってるのかと思ったよ。」と答えた。友達は苦笑するしかない。再び英語が嫌いになった彼は、さらに、英語が不得意になり、しまいには落ちこぼれの一人になってしまった。逆の意味でも出会いは人生に大きな意味を持つ。

　大学生になった彼は、再び彼のアプローチの仕方で英語の勉強を始める。外人を見つけると、半分無理矢理でも、彼らを連れまわし日本の文化を感じさせるコミュニケーションをとるのである。ある時は、男性外国人を連れて銭湯へ行き、背中を流し、背中を流させ、風呂から上がって一言「This is Japan」というのである。こうして彼はいろいろな文化を片っ端から外国人を見つけては、説明するのである。これで外人コンプレックスはなくなったという。すごいバイタリティだ。また、英語の発音がわからないときは「Would you mind reading（英単語）?」と聞いたらしい。すると「Thank you.」という返事が返ってきた。そういわれたら「You're welcome」というしかないのだが、なぜかと考えた。考えてみたら、Would you mind reading（英単語）loudly?といわなければ声を出して読まないのだ。とんだ失敗だった。しかしこうして彼の英語がシャープになっていった。

　ここで登場するのが英語居合道である。なるべく短い一言で相手に言いたいことを伝える英語の話し方である。たとえば、煙草を手にもっていれば、「Would you mind smoking?」を「Would you?」だけで通じるという

のである。これは「なるほど」と唸った。短い文で居合のごとく相手に、突き刺さるような英語表現なのである。次に英語の勉強法に話が移った。

人には、英語の勉強法が便秘型と下痢型があるという。便秘型とは文法を中心とした、とどまって勉強する仕方であり、下痢型とはどんどん英文を聞いたり、話したりして自然と流れるように習得していく方法である。

通常、人はどちらかに偏りがちであるが、彼は両方を取り入れたバランスのよい学習法がいいという。次に話がクラッシェン（英語学者）に跳んだ。クラッシェンはインプット理論で有名だ。松本先生の考えは彼の考え方に近いという。年をとっても勉強を続けること、たくさん読むこと（インプット）そして疲れたらスターバックスコーヒーのようなところでリラックスすることだそうだ。

まさに日本人はこの中のインプットが弱いという。英語は日本語に訳さずそのまま英語で理解することが大事だと言う。これは俺も大賛成だ。いちいち日本語に直すとものすごく時間がかかる。

次にこういう質問をしてみた。「松本先生は、以前、日商岩井に勤めていたとお聞きしましたが、その頃もご活躍だったんでしょうね。」「いや、7年間、英語ができないということで貫き通した。」「ええ、どうしてですか、こんな能力があると言ったほうが活躍の場が与えられますよね。」「日本人はね、恥と嫉妬の文化なんだ。だから、目立つとたたかれるんだよ。」「なるほど。」「だからね、英語で電話がかかってくると先輩や上司に電話を任せたんだ。『すいません、英語話せないんです』と言って。」「そうかあ。」「それにね、偏差値の高い奴ほど、間違えるのが怖くて話さない。なんだあいつの英語はあの程度がと思われるからさ。」すごい戦略である。「一番いいのはね、風のうわさで『なんかさ、松本、英語できるらしいよ』という評判がたつことだ。」そう、彼はすごい戦略家なのである。

そして、彼はまたとんでもない行動に出た。なんと２７歳で日商岩井を辞め、山に籠る。俺は耳を疑った。「ええ、山に籠ったんですか。」「うん、まだ２７歳くらいだったと思う。結婚はもう、していたかな。」「それはまた、なぜですか、また話が見えなくなりました。」「うん、周りの人には『松本は、蒸発して、○○山に籠ります。』と言ったのだ。そしたら、『蒸発は

13

突拍子もないけど、行先告げるのは蒸発じゃないよ』と友達に言われた。まあ籠ったのは1か月だけどね。アハハ。」

　1か月後、彼は、家に帰ったものの、じっとしていられなくて、次に始めたのがNHKの国弘正雄先生の講座を聞くことだった。そして、すぐに彼はNHKに出たいと思った。それと同時に西山先生からアメリカ大使館の通訳の話が入る。西山先生は当時日本の同時通訳者のカリスマだ。その先生が彼をアメリカ大使館の同時通訳に指名してくれた。彼は天にも昇る気持ちだった。そこで、彼は西山先生の期待にこたえるべく本格的に英語の勉強をした。

　タイム誌を読み、英字新聞を読み、まさに国際ジャーナリストのレベルをめざしたインプットをするよう心掛けた。ここでさらに英語居合道に磨きがかかる。端的でわかりやすい表現で相手にその思いを告げる。

　彼はストイックにも、インプットを多量にするときは、秘書に、誰も通すなと念押しして勉強するのである。とにかく日本人はインプットが薄い、インプットが薄いからアウトプットがもっと薄くなるのだと語った。俺もそう思う。

　次に話は「格」の話になった。「人格」「風格」の話である。岡山に見事な風格を感じさせる英語の文章を書く塾の講師がいるという。その理由を彼はその塾の先生に聞きに行った。すると、実はその人は刑務所に入ったことがあるという。その時に刑務所に英語の先生からタイム誌が送られてきたのだ。生真面目な彼はそれを熟読し、いつのまにか見事な英文を書く力が付くに至った。やはりインプットが大切であり、溢れるまでのインプットがあると風格あるアウトプットがでてくるのだと松本は確信した。

　最後に英語道について語ってくれた。彼は心がサムライであるから、当然教育にも魂がある。英語の指導を通してどういう生徒を、人間を育てるかを考えていた。英語をただの技能ではなく道にまで昇華させるのである。彼は英語道を教育魂とも言っていた。

　ここで逆に俺が質問された。「瀬倉さんが、よく川村先生のことを語るんだが、川村先生のセールスポイントは何だい。」「俺のセールスポイントは生徒の学習意欲を高めることがうまいことです。」「うん、つまり動機付け

だね。」「はい、英語力を高めることよりもまず、人間教育が先なんです。学習意欲とは知的好奇心の現れでもあります。強制的では学習意欲はあまりわきません。だから、まずは、教師自ら why（なぜ）の世界に入るんです。」

「じゃあ、大学受験とか点数を上げるとかが最終目的ではないんだね。でも川村先生の話を聞いていると、進学塾でもカリスマ先生になれそうだけど。」「いえ、そういうのは興味ありません。」「給料を２倍だすといってもか。」「もちろん、行きません。」「でも、そういう話があったでしょ。」「ありませんでしたが、あっても行きません。人間教育が好きだし、どんな子供達も学力があがるような教材開発が大好きでしたから。ただ、人間教育をするためには先生以外の世界を知らなくてはならないのでいろいろなことを体験しています。」「なるほど、瀬倉さんがぜひ川村さんと会ってほしいと言っていたわけだ。」

「先生、それはそうと一つまた質問してもいいですか。」「うん。」「なぜ弘道館という名前なのですか、お名前を反対にして柔道の講道館をもじったのですか。」「違うよ、水戸学の弘道館だ。」

「弘道館」をよく知らなかった俺は「弘道館」について聞いてみた。

松本は、水戸に行ったとき弘道館に触れ、その考え方に共感し、もし私の勉強会に、その名前をつけたことで、水戸が自分を訴えたとしても、この名前を使おうと思ったという。水戸学とは学問と言うよりは行動学だ。そういえば、幕末のころに水戸藩士は歴史の表場面に何度も登場している。彼はこんな落ちを付けながら話をつづけた。水戸学を学び行動を起こすやつのことを「ミトコンドリア（水戸学で行動する人？）」というそうだ。彼に言わせると「私の英語は日本刀なんだよ。そう、まさに言葉の戦い、そうだなディベートのようなものだね。そして、本物のリーダーはね、自分の存在を消して、部下にディベートさせて、部下の資質を磨くんだ。松下村塾しかり、武田信玄しかり、鹿児島の武士道しかりだ。」だそうだ。

さらにはこう語った「日本人はね、英語アレルギーなんだよ、異常なほどに神経を使う。もっと自然に英語を使うことになれるべきだ。だからICEEやってる。だって英語を話すお祭りなんだよ。勝ち負けなんて気に

することないんだ。今年も川村さんも出てくれてうれしいよ。」「ありがとうございます。それでは最後に、松本道弘のこれからについてお聞かせください。」

　『松本から英語をとったらどうなるか』それが課題だという。今考えているのは、波動英語、波動つまりバイブレーションで気持ちを伝えるという英語だ。たとえば、「ごちそうはもういい」をなんというか「enough」これで通じるのだという。確かにその通りだ。短い言葉で端的に相手に心を伝える。そして英語を第2公用語にする。これがこれからの私の課題だという。

　「なるほど、松本先生らしいですね。インタビューありがとうございました」

　これが松本先生とお話しした最後になってしまった。瀬倉さん（松本先生のマネージャーであり、俺の友達）は、生前に「なあ、ライオン（川村）は元気かい、俺のオオカミの会に近いうちに顔を出せと言ってくれ。」と言われていたそうだ。実は、ライオンというのは、俺の勉強会の名前が「百獣の王勉強会」というのがあったからだ。いつも、こんな風に気にかけてくれていた。ゴーインにマイウェイⅡの巻頭言もお願いした縁もある。

　このインタビューの後に、近いうちに一緒に飲みましょうねという約束をしたが、それも、今では叶わぬ夢となってしまった。

　地上の巨星が今、光を落としたのです。やすらかにお休みください。後は、先生の光を受け継いだ私たち後輩が英語教育改革の光を引き継いでいきます。

　偉大なる英語教育者に　黙祷。（令和4年3月14日永眠。享年83歳。）

2 炎のランナー　本田　聡　（栄東中学高等学校　体育教師）

　「今は、自分が先生だけど、中学校の時は、先生が大嫌いだった。」その言葉にまず驚いた。彼は今年で50歳になる。ということは彼が中学生の時は、今から38年前、昭和50年代後半から60年代は、校内暴力が吹き荒れているころである。ドラマではなく、学校の窓ガラスが割れ、廊下を自転車が走る時代だ。教師はそれに対抗すべく強面（こわもて）で、特に男性教師は竹刀を持っている時代だ。当然、教師は生徒に高圧的で楽しさなどみじんもない授業を行う。それを思うと納得である。部活は掛け持ちでいろいろやっていたそうだ。新設校だったのでそこは自由だったのだ。　しかし、そうは言うもののまだ彼は、自分がどんな人生を歩んでいくのかはぼんやりとしか考えていなかった。

　そんな彼も、高校時代から、少しずつ輝きを放ち始める。もともと運動神経のいい彼はスキー部に入部した。そこから、彼は部活動に、スポーツにのめりこみ始めた。しかし、残念なことに、埼玉県は人工雪を降らせる狭山スキー場以外にスキーのできるところはない。スポーツ界では「練習はウソをつかない」といわれるように練習場所がなければ、なかなか記録は残せるものではない。冬場に新潟に合宿することがあるものの、ほとんどが雪のない陸上での練習となる。「勉強はしなかったけど楽しかったですね。当時はバンドが流行していて、体育館がタテノリで底がぬけたりしていました。自分は髪の毛も茶色に染めていました。」ということは、彼はかなり自由に生活していたと思われる。ただ彼は不完全燃焼をしていた。もっとうまくなりたい。スキーを極めてみたい。そう強く思っていたのだ。

　そこで、彼は進学先を日本体育大学に絞った。そして大学生になり、いよいよ彼は輝きを見せ始める。1年間のうち120日、雪山にいる生活だ。常に自分にストイックに練習をする。また日本体育大学のスキー部であるから、バリバリの年功序列である。まさに軍隊だ。4年生は「神」1年生は「奴隷」と言われる時代だ。かくいう俺も高校時代は柔道部、大学時代はスポーツ愛好会という名前は優しそうだが、バリバリの体育会系サークル

で過ごしていたので、その様子は想像に難くない。

　少しだけ、私の柔道部での１年生の頃の合宿の話をしよう。福島からの夏合宿の帰りの電車で、俺たち１年生は、強制的に「ババ引き」をする。ババ抜きではなく、１年生の人数分のカードが用意され、そのうちが一枚ババである。そしてそのババを引いたものが罰ゲームをする。つまり完全な先輩の余興である。最初の犠牲者はＡ君。電車が大宮駅についた時、電車の窓を開け「大宮、大宮です。大宮の皆様お元気ですか。我々が〇〇高校の柔道部です。失礼しました。」と大きな声で駅のホームに向かい叫ぶのである。続いてＢ君。バレーボールが入っている円筒形のバックを背中に背負い、電車が駅に着き、ドアが開くと、すかさずホームに飛び降り、窓越しに電車の中に向かって忍者のように手裏剣を放つジェスチャーをしながら、小走りに走り、反対側のドアから乗り込むのである。そして次は俺だった。電車の車内の一番出口に近い中央通路に立ち、「これから、歌を歌います。聞いてください。僕らはみんな生きている〜♪」一般の乗客が苦笑している。恥ずかしさはとうに超えた。これが体育会系の世界なのだ。

　話を戻す。実は彼はなかなかの男前で、さぞかし大学時代はモテただろうと言ったら、全然女気のない世界で生きていたという。練習に次ぐ練習でそんな暇はなかったという。しかし、その甲斐あってスキーをするフォームや技術を競うデモ？という種目で全国で７位の成績を残した。完全に輝き始めた瞬間だ。しかし、まだ彼は教師の道を歩もうとは思っていなかった。それが教育実習を通して教師のやりがいを感じ始めた。そしてこう思ったのだった。『先生になったら自分が大嫌いだった教師とはまるっきり違う教師になり、生徒と共に自分を高めていこう』と。

　やがて、４年になりその覚悟が固まり、教員採用試験を受け、翌年花咲徳栄高校の体育教師になった。花咲徳栄高校は、今でこそ甲子園出場を何度もしている立派な学校だが、当時は生徒指導が大変な学校だった。その中で彼は押しつぶされそうになりながらも歯を食いしばり自分のポリシー通りの教師を目指し、生徒指導の力をつけたようだ。翌年、彼は，異動し、栄東高等学校の体育教師になった。実は、彼を地上の星として認めたのはここからなのだ。彼はこう考えた「生徒にだけ、頑張れと言う教師にはな

りたくない。ともに熱い思いを持ち全力で取り組める教師になりたい。」

　そこで、取り組み始めたのが「マスゲームの『ハカ』」である。栄東中学高等学校と言えば、進学校のイメージだが、彼が指導する高校生によるマスゲームは違った。どこまでも、男らしく、たくましく、覇気が感じられる熱いマスゲームなのだ。これを初めて体育祭で見た時、本当に驚いた。これが栄東の生徒なのかと。演技がおわった後、割れんばかりの拍手が起こる。素晴らしいものには感動が伴うのだ。ある年は雨の中でこのハカをやり、見ているほうも、演技しているほうも涙か雨かわからない時もあった。『本田先生はどうしてここまで生徒の心を熱くさせ、こんな素晴らしい演技にまで昇華させることができるのだろう。』そう疑問に思った俺は、すごく興味を持ち、聞いてみた。「本田先生の指導するハカに感動したんだけど、どんな考えでやっているの？」「学校総合体育祭で、学校ごとの競い合うことがあり、そこでやろうと思ったのがマスゲームだったんです。誇りをもってやる男を作りたかった。昔は本当に熱い生徒がたくさんいたんです。俺が生徒のころは、授業はどちらかというと、命令や恐怖で無理やりやらされる体育授業だった。俺はそうじゃなくて自分で積極的にやるような体育の授業がやりたいと思ったんだ。」「じゃあ、みんなボランティアなの？」「そうです、みんな自分からやると言ってきてる。それに今伝統になってるし。」「それに・・・」「何ですか。」「生徒にだけ、頑張れというのは嫌なので、俺も頑張っていることがあるんだ。」「実はね、フルマラソンに出ているんだ。君らが勉強する分、俺は走ると約束したんです。初めて出たのが東京マラソン、３７歳の時でした。タイムも３時間半くらいなのでまずまずかな。」「初めて出て４時間切るのはすごい。」「そのあと３０キロのトレイル・ランにも出た。」「トレイル・ラン？」「そう、山や丘のようなところを走るんです。」「もしかすると普通のマラソンよりきついんじゃないんですか。」「うん、フルマラソンのように同じスピードで走ると滅茶苦茶苦しい。」「そこまでする意味あるの？」「うちの学校の生徒は東大を目指す。つまり日本で一番難しい学校を受けるわけだ。だから先生も困難に向けて自分も頑張っているところを見せたいんだ。」「俺のチャレンジは続く、そうトレイル・ラン７０キロが日本におけるマラソンの最高峰なんだ。」「生

徒は文句言えないわ。（笑い）」「重い荷物を背負ってマジきつかったです。
夜も懐中電灯持ちながら走るんです。」「次にチャレンジしたのは江の島か
ら大島までサップというサーフボードの大きさの板の上
に立ち，櫂を漕いで進むんです。６９キロでした。」「どん
どん無謀になるね。」「それでも、まだ１番じゃない。世界
一過酷なものに出ることにした。そこでついにサハラ・マ
ラソン２５０キロにでた。４８歳です。」「ええぇ！何そ
れ。あのサハラ砂漠を走るの？」「そう、砂漠だから砂に
足を取られたり、熱中症になったり、その２５０キロを１週間以内に走る
んだ。」「そこまで・・・」「たまに道を間違えて死んでしまったり、熱中症
で死んだ人もいる。」「クレージーですね。」「足を怪我したり、水が少なか
ったり、大変でした。でも、だからこそ、生徒にも厳しくできる。**もし自
分だけ楽をして生徒にだけ頑張れと言っても俺の言葉に力がない。**」「なる
ほど。それで高校３年生の担任をしたとき、自分のクラスから９名の東大
合格者が出たんだ。」

　「実は、これに出るときに学校からはエントリーを辞めろと言われてい
た。でも俺は出る決心は変えず、毎日１０キロの荷物をしょって学校に通
ってました。」俺は心の中で思った『困難を乗り越えることで、自分の内面
と外面を両方に磨きをかけ、彼は光を放っているんだ』と。

　本田先生の口調は淡々としているが、それでも力強さを感じる。本当の
ことだからだ。最後に忘れられない思い出を一つ語ってもらった。「自分が
マラソンにでた時に日本体育大学に誇りをもっていて、沿道に『日本体育
大学』というのぼりを持っていた老人と目が合って目で挨拶した。その老
人も俺も日本体育大学に誇りを持っているのを感じたからだ。その時のこ
とが忘れられない。だから生徒に、『自分が大学に入学したら、その大学を
大好きになってほしい、誇りを持ってほしい』と語った。」

　地上の星は、昼だからこそ、遠く離れてしまうとわからないが、確実に
近くの者に光を放ち、その光を受けた生徒たちも光り輝き始めるのだ。俺
はこの先生と同じ学校にいたことを誇りに思う。できればこれからもその
光を放ち続けてほしいと心から願う。

3　My life with English　Ms. Kumiko Imani.（今仁　公美子）

　現在の彼女は、英会話スクールと幼稚園を経営しているビジネスウーマンである。　そして今の彼女があるのは、まさに彼女が幼少のころから英語とともに生きてきたからなのである。そんな彼女の半生を共に垣間見てみよう。

　小学校に上がる前に、彼女は近所に住んでいた当時グランドホステス（空港勤務）の女性に英語を教えてもらっていた。彼女は幼いなりに、その女性家庭教師の英語と容姿の美しさに憧れた。さらには、「アハ,フフン」というようなアメリカナイズされた相槌の自然さに驚いたのである。一種のカルチャーショックかもしれない。そして彼女自身も徐々に美しい発音やネイティブのようなリアクションを身に付けていったのである。

　中学に上がるころには、もう英語は勉強しなくても９０点以上をコンスタントにキープし、自他ともに英語のできる生徒になっていた。中学３年生のころには、駿台全国模試で英語は５位以内に入るほどになっていた。

　そして、彼女の英語人生にさらに拍車をかけたのが、兄のアメリカの大学への留学であった。また叔父さん、叔母さんがアメリカに住んでおり、アメリカのお菓子やいろいろな文化を彼らを通して学び、自分もアメリカに行こうという気持ちを強く持ち始めたのだ。

　彼女が英語ができるのはわかったのだが、よく早い時期に英語ばかりやると国語がおろそかになることがあるので、その辺のことを聞いてみることにした。するとこんな答えが返ってきた。「実は、まだ小学校にあがる前のころ、母親が『この本を読み終わるまで、この部屋を出てはいけません』というので本を読み始めたんだけど、あまり面白くないので、ななめ読みして部屋を出たら、『え、こんなに早く読み終わるわけありません。』というので、それでも私が読んだと言うと『じゃあ、本の内容を言ってごらんなさい』というので、本のあらましを話したら、『確かに、読んでいるのね。』と言われたわ。昔から国語の力もあったみたい。」だそうである。

　確かに、そんなに本を読まなくても、元来国語の力があることはありえ

そうである。ただし、小さいころにたくさんお話を聞いたり、文字に触れたりする経験がなくては難しい気もするが。

　話を元に戻す。彼女が両親に、自分も兄のようにいずれアメリカの大学に行きたいと言ったら、『お前はそれよりも、高校からアメリカへ行け』と言われた。これは彼女自身が驚いたようである。

　アメリカの高校に入学して、すぐに彼女は過酷な英語の洗礼を受ける。英語が全く分からず、うまく話すことができないのである。そのショックは筆舌に尽くし難いものの、英語圏の中で生きていかなくてはならない。そこで彼女が身に付けたのがサバイバル・イングリッシュであった。英語を目と耳と第六感を駆使してコミュニケーションをとるのである。当時の彼女は、とにかく「英語がわからない」ということが悔しかったと語る。だから日々必要なことは身に付けていったという。

　高校1年の時は、兄のアパートに一緒に住んでいたが、2年からは寮に入った。兄が大学を卒業して日本に帰国したからだ。そしてこの寮での生活が大変だった。まず、寮の部屋だが、人種差別もあったのであろう一番場末の暗いじめっとした部屋に黒人のルームメートと住むことになった。その彼女がウサギを飼っていたのだが、あまりウサギの面倒をみず、ウサギで部屋が臭くなり、夜は金属の水飲み器にウサギの歯があたりキィキィと音を立てる。さすがに臭いと音に我慢できなくなり、ルームメートに向かい「もう、我慢できない。ウサギの世話をきちんとしないなら、上に掛け合ってウサギを飼うのを辞めてもらう！」と言い放った。すると今まで、平気な顔をしていたルームメートは「ごめんなさい、それだけはやめて、ちゃんとウサギの面倒をみるから。」と謝ってきたのだ。そこで、彼女は気づいた『アメリカ人にも弱い人はいるんだ。人種は関係なくみんな同じ人間なんだ』と。彼女にはもう一つ困ったことがあった。それは寮の食事がベジタリアンのためのものだったということだ。育ち盛りの彼女には、正規の食事では物足りず、チーズや炭水化物を余計に食べた。さらにはモールに出かける時には、ハンバーガーを始めいろいろなジャンクフードを食べまくった。おかげで太ってしまったのである。もうこれ以上は、寮にいられないと思った彼女は高校3年の時にサンフランシスコに戻った。今度

はアパートでの一人暮らしである。すると、今度は一人暮らしでの葛藤が始まった。何せ世間を知らない女子高校生である。ある時など、自炊をしていて腐ったスープを飲んでしまい、お腹を壊したこともある。またサンフランシスコは坂の多いところなので、意識して歩くようにしてダイエットをした。おかげで減量は達成することができた。

　やがて、生活するための英語は身に付き、彼氏もできた。彼氏は２５歳でアパレル企業に勤めており、良識のある男性であった。食事をした時に、自分が払おうとすると『いや、君のお金は、まだ親のお金だろう。だからお金は僕が払うよ』とアルマーニを身にまとった彼が言ってくれた。

　しかし、そんな彼とも彼のニューヨークへの転勤で立ち切れになってしまう。そして彼女自身も日本の大学に行くことになり日本に帰国した。

　日本に帰ったものの受験をどうするかを考え、帰国子女枠で受けることを考え学習院大学に見事合格。彼女はたくましく生きる力をアメリカの３年間で身に付けたようだ。ただ、彼女が言うには英語を身に付けるにはアメリカに行っただけではだめで。やはり自分で勉強しなくてはいけないと実感したそうだ。

　彼女の大学時代は、早く社会に出たかったので、大学生活をエンジョイするというよりは、アルバイトにあけくれた。そのアルバイトだが、「空間プロデューサーのアシスタント」とこれまた変わったものだった。レストランや施設などの内装やディスプレイなどの空間を考えるもので実にクリエイティブな仕事だ。そして、なんと大学生のアルバイトでありながら月に２０万円を稼ぎ、ラルフローレンのスーツでさっそうと仕事をこなした。それでも、大学は、単位を落とすことなく、抑えるべきところおさえて、無事に卒業したのだ。（さすがです！）

　まさに昼はアルバイトで働き、夜はディスコで遊び、週末はコンバーチブル（オープンカー）の車でドライブとかなり優雅な大学生活を送った。

　そんな彼女が大学を卒業して就職した先がまた驚く。清水建設の宇宙開発室だ。もう初めてこの名を聞いた俺は全く仕事の内容が頭に浮かばなかったので聞いてみた。「宇宙開発室の仕事って何？まさかロケット作らないよね。」「もちろんロケットを作る仕事ではありませんが、各国のどのタイ

ミングでどんなロケットを打ち上げるかを調査する仕事です。その中でもロケットの商業利用を考えていきます。だから、NASAは勿論、フランスのクネとかJAXAのH2Aの打ち上げとか全部調べ上げるんです。すごい仕事量なのでもちろん徹夜が二日続くこともあります。その時初めて真夜中に吉野家へ先輩に連れていかれ牛丼を食べました。時には、その調査の結果を引っさげて経産省の外郭団体へ行ったりもします。」

　まさに俺の想像を超えて頭が吹っ飛びそうだった。世界を相手にしているので、英語が堪能でなければこなせない仕事であり、やりがいはあるのだが、ある事に気が付いた。いくら頑張っても派遣社員の彼女は正社員になれないことに。そこでまた人生の転機が来る。

　実は彼女は大学時代に空間プロデューサーのアシスタントをやる傍ら、ある裕福な家の家庭教師もやっていた。まさに家族の一員のような扱いでハワイやサンフランシスコにも連れていってもらっている。その時に教師という仕事のやりがいとリッチな生活に憧れる感情をもったのだ。

　さて、正社員となれないと知った彼女は、２年で宇宙開発室をやめ、いよいよ英語を生かした教育の道に進路を変更する。初めは英会話のイーオンに就職し、大人に英会話を教えることになる。しかし、自分の教える大人がなかなか英語がうまくならないことに挫折感を覚え、さらにはマネージャーからの指導方法の統一化にも悩まされ無力感に苛まれ魂が死んでいった。自分が英語が好きになった原因の一つである英語の歌も歌わせてくれない。そこで彼女はまた人生の舵を違った方向に切り始める。

　２０１０年、彼女はついに独立を決心する。自分の考えた指導法で、英語教育をやってみたい。ちょうどそのころ、自分の娘も小学２年生でありながら準２級に受かったことに自信を持ち、英会話の塾と幼稚園の経営者となるのである。ついに彼女は派遣社員から英語と共に経営者にまで上り詰めていく。忙しい彼女は今は、直接生徒を教えることは少なく、ネイティブを含めたスタッフの教育や、会社の経営の仕事に専念している。

　まさに、今仁公美子という女性は英語と共に人生を歩んでいる。今日の俺のインタビューも鮮やかな黄色のスーツで来てくれた。そう、彼女こそ地上の星の一人にふさわしい女性実業家なのである。

4　English Doctor　西澤ロイ

　「英語病」にかかっている慢性的な患者を直す、つまり英語がわかる、できるようにしてあげるのがイングリッシュドクター西澤ロイである。
1時間半にわたるインタビューは、インタビュー自体の楽しさもあるが自分の学びの場でもあった。

　おこがましいが、西澤氏と俺の共通点は、原点が英語ができなかったところから、自力で這い上がったところである。そして、英語学習の後進たちには、英語をより効率的に学んでほしいと願っていることだ。今までの英語学習の「英語は暗記科目」という概念を一掃し、英語を理解して学んでいく道を歩んでほしいという熱い思いが彼を動かしている。

　まずは、ロイ氏の小学校、中学校時代について聞いてみた。小学校時代は人とコミュニケーションを取るのは苦手で、自信のないおとなしい生徒だったという。そして、中学に入り、初めて見た英語の「It is not hot」という意味が全く分からず、「ああ、わからない」という感情が彼を支配した。そして彼自身が言っている『英語病』に自分もかかってしまったようだ。

　しかし中学3年の時に完全に目覚め始める。それは高校受験を控え、過去問を何度もやることで英語の意味が分かり始めたからだという。言語というものは何度も触れることで脳は自然と覚えていくものだ。しかし、彼の中ではまだ、英語は暗記科目の粋を脱していなかった。そうは言うものの、わかる、できるを繰り返し、努力の甲斐あって英語は得意科目になってきた。

　ロイ氏の高校時代は、今ほど英会話が中心に行われる高校は少なく、何とか普段の授業では問題はなかったが、いざ大学受験となると話は別である。彼は自分の得意である英語を生かし、高校3年の時に英文科を目指すことを決意する。そのために予備校にも通うようになった。その中で衝撃的な言葉に出会う『表現が違えば、同じ意味のものはない』

　例えば be able to と can は中学までは受験のために同じと教えられてきたが、それが違うのである。(補足をするとあくまでも be able to は能力

について使うが、許可を表す　Can I use it?　の代わりに be able to は使えない）will　と　be going to　もしかりである。今でこそ、この違いを多くの中学校で教えられているが、今から２０年以上前は日本の英語教育では同じあると教えられていた。言うならば、私たちの多くは、中学英語教育の犠牲者だったのかもしれない。

　その中で、彼の脳には英語に関する第１段階のドラスティックチェンジが行われた。意味論という言葉が彼の頭の中に住みついたのである。そして彼は英文の精読に挑戦していく。英文の構造を掴む勉強である。なぜなら、中学英語までは、なんとなく単語の意味を繋いで大まかな意味はわかるが、大学受験になると細部についてもわからないと困るからである。彼は中学までの大雑把な英文の読み方をこう呼ぶ「オクトパス・リーディング」なぜなら、その英文の構造的なものを掴んでいないこと、つまり英文の中心となる骨がないことと、俗に、役に立たないことを「タコ」と呼ぶ場合があるだからだそうだ。俺は彼のこういうところが気に入っている。

　さて彼は、高校３年の夏休みに６０の文章を４０日で精読する課題を自分に課した。これが彼の英語の基礎力を確固たるものにしたのである。単語の品詞をしっかりとつかむこと。英文を構造的にしっかりと掴むこと。これが大切だということだ。たとえば、his は代名詞と習うけれど、その機能を考えると形容詞なのである。the は冠詞と言われているが、実は名詞を修飾する形容詞なのである。英文の意味を解釈する時でも多くの修飾語は無視して、まずその構造を掴み、一番伝えたいことを正確に掴むことが大切だということだ。これは俺にとっても「目から鱗」であった。

　その受験勉強の甲斐あって、希望大学に合格。だが、目指す大学に入学したのもつかの間、また彼はどん底に突き落とされる。それは、英語を聞き、話す領域の壁である。ネイティブの発音が、特にネイティブどうしの会話がまるで聞き取れない。つまり、英語を聞き話すことに関しては、自分には英語の力がついていなと痛感するのである。それから彼は、ラジオ講座を聞き始める。まずは聞く力をつけるためである。大杉正明先生や遠山顕先生のラジオ講座を聞き始める。

　これは俺の印象だが、ロイ氏は研究者タイプなので、研究で成果を出す

ためには、徹底的にこだわって追求していく。少しずつ聞くことに自信のついてきた彼は、アメリカの語学研修に向かう。そこでまた彼は大きな挫折をする。少し、英語は聞き取れるようになったものの、すぐに話す英語が出てこない。相手の言っていることはなんとなく分かるのだが、なんと言っていいかが分からないのである。それに彼もここは典型的な日本人なのだろうが正しい英語を言おうとすると頭の中で完全に英語にするまで話し始められないのである。ここに、俺も日本人が英語を話せない一番大きな原因があるような気がする。しかし、これを克服する方法を彼は見つけ出す。それは、「とりあえず、主語と動詞だけ言って、あとは少し待ってて術」である。具体的に言うならば、I bought とか I think ととりあえず言って後の部分だけ少し考えてから続けるのである。これは俺も大賛成だ。

　この図太さを身に付けるとだいぶ楽になる。しかし、彼が少し英語に対する自信を持った矢先、またもやその自信が崩れていくことが襲ってきた。ある先生から「西澤君、英語だけできても役に立たないよ、中身がないと、そうコンテンツがないと。」というのである。『まずい、確かに俺はコンテンツがない』そこで彼は考えた、それならばシステムエンジニアになるべく、コンピューター工学を学ぼうと思い立ったのだ。しかも、それを留学先に学べば一石二鳥だと考えた。そして、彼は大学を１年間休学してアメリカのウィスコンシン州立大学に留学する。ここは、まさに彼がゴーインにマイウェイの感じがして、親しみが持てるところだ。

　そして、彼はまた次の壁に突き当たる。それは英語のなまりの問題だ。英語も日本語と同じように方言がある。それを初めて聞くと英語に聞こえずパニックを起こす。音がまるきり違うのだ。彼はその洗礼を受けるが、やはり慣れてくると、そこには規則性もあるのでわかるようになるのだ。人生とはまさにトライ＆エラーの繰り返しである。

　そして大学の４年間が過ぎ、彼は見事にシステムエンジニアとしてある会社に就職する。そして、彼も初めのうちは、この会社に一生務めて仕事をするんだなあと思っていた。

　しかし、また人生の転機が来る。システムエンジニアは技術としての技能としての意味はあってもコンテンツではないと思い始めるのである。そ

して３年間務めた会社を退職する。一見温和で、やさしそうなロイ氏からは想像できない決断である。

　そして、自分ができることを考える。自分には英語ができるようになるまでの数々の試練や困難があり、それを何とか克服してきた。この体験をもとに英語を学んでいる人の役に立てないかと考えるのである。これを、彼の持っているシステムエンジニアとしての技術も生かし、インターネットの世界で英語の学び方を紹介していくのだ。これが多くの人の支持を得る。それが**「頑張らない英語シリーズ」**を生んでいく。英語は暗記科目じゃないという事である。

　俺が、「ロイさんが一番大切にしていることは何ですか。」と聞いてみると「『納得する』ということです。」という答えが返ってきた。

　この「納得する」という言葉こそ、西澤ロイという人間の核だと思った。

　つまり、従来の英語教育では、なぜは考えなくてはいいから、とにかく覚えろだったのだ。なぜと考えると時間がもったいないし、受験勉強には邪魔になるからだった。それが英語を話せない英語難民をたくさん作ったのだ。一言で言うならば、日本の英語教育は、日本の中でしか通用しない英語だったのだ。

　少し、話はそれるが、日本の文科省の人たちも、２０年くらい前からコミュニケーション能力をつけなさいと学習要領に盛り込んだ。そのせいで今度は英語を読む書く力が弱くなってしまった。そこで今度は４技能のバランスという言葉をもち出した。しかし具体的にはその目的が美辞麗句で飾られ、その理想を達成するのはかなり難しそうである。

　しかし、やっとロイ先生のように、日本人が英語を学ぶ場合はこういう学び方がいいと指導できる人が増えてきた。地に足が付いた英語指導である。「僕は、塾のように毎週の授業が決められて長いスパンで教えられる人間じゃないんだ。なぜ English doctor かというと、英語ができないという人の英語ができない原因を探り、処方箋（解決方法）を指導してあげるんだ。そしてその人の「英語病」を直すんだ。だからお医者さんなんだよ。」

　これは俺の印象だが、彼の根底には研究者の魂と救済者の魂がある。この２つがあって「English Doctor　西澤ロイ」が生まれたのである。

最後に、「生徒に、現在完了という名前のくせになんで、完了だけでなく、経験とか継続とかいう用法があるのかと質問されたんですが。確かに英語でも present perfect という文法名をありますよね。」と質問した。「それはね、これと同じです。「強（つよし）」という名前の虚弱体質の子供はいる可能性かありますよね。つまり、名前と違う性格や性質を持ったことってあるじゃないですか。その子だって虚弱体質になりたいと思ってなったわけじゃない。」「なるほど、「細井」という名前の太った生徒だっていますからね。」「はは、そうですね。そういうことです。名前とは違った性質や性格になることあるんですよね、言葉ですから。」思い切り納得した。

　もう一つ質問してみた「英語には、無生物主語ってたくさんあるじゃないですか。たとえば、The letter makes me happy.とか」「それは、英語はあまり物と人間を区別しないからですね。日本語では、物は「ある」ですが人は「いる」でしょ。」「なるほど、納得です。」「僕に中学生が考える質問を教えてほしい。どんな疑問をもって英語学習をしているのか、そしてそれに答えてみたい。すごく興味があるんです。」ロイ氏の魂はあくまでも研究者そして知的好奇心の塊。「わかりました、質問を書きだして、ぜひロイさんと、英語についての禅問答をしましょう、次回のインタビューを楽しみにしています。」そこで、ロイ氏の笑顔でインタビューが終った。

　俺も、ロイ氏に「英語指導法病」を直してもらいました。常に教えることはシンプルで分かりやすく、それが俺のモットーになりました。感謝。

＜補足＞
① 意味論は、大学２年生の時の話です。
また、その年の短期留学先が UWSP（University of Wisconsin、Stevens Point 校）でした。
② 大学４年次、一年休学しての留学先は GSW（Georgia Southwestern State University ）でした。
③ 大杉先生らのラジオ講座も高校生の時ですね。大学で危機感を持って聞き始めたのは、やさしいビジネス英語（杉田敏先生）です。

5　日本の国際バカロレア教育のフロンティア　赤塚祐哉

　久しぶりに彼を見て『うーん、風格が出たなあ』と思った。考えてみれば、赤塚先生と会ったのは、１８年前の彼が２３歳の時である。この１８年の間に、いろいろな経験や努力を通して身に付けてきたものなのであろう。

　昨年度までは、早稲田大学付属の早稲田学院本庄高校で１４時間の授業を受け持ち、早稲田と明治大学の研究員もやり、さらには文教大学でも３コマの授業を受け持っており、多忙を極めていた。そして今は、相模女子大学で教鞭をとっている。そんな彼に、まずは今の「やりがい」を聞いてみた。すると「今は自分が作った教科書で自分がやりたい授業ができていることに喜びとやりがいを感じています。」という言葉が返ってきた。その教科書には、彼の一番大切にしているクリティカルシンキングの思想が生かされている。

　次に、今の彼にたどり着く前の生い立ちを、聞くことにした。「小中学校の頃はどんな生徒だったの？」「そうですねえ、小学校ではおとなしい生徒だったので、よくからかわれたり、いじられたりしていました。でもこのままではいけないと思い、中学２年から、バドミントン部の部長や美化委員長に立候補して、自分にも自信が付き、リーダーとしての素質が俺にあるんだと思えるようになり、人生が変わりました。」これは俺にも経験があるが、人生が急展開する瞬間があるのだ。

　ただ、そうは言うものの、小学校の時もただのおとなしい生徒ではなかったようだ。彼は小学校４年生の時、あまり泳げなかったので、プールの時間になったとき、自宅に帰ってしまったそうだ。もちろん親には、今日は学校が早く終わったと言って。しかし、担任が彼がいないのに気が付き、家に迎えに来た。それでも彼はまだプールに入りたくなかったので、海パンがないと言ったら、それなら俺の海パンをはけと言われて泣きそうになったという。そんな彼を見るに見かねた母親は彼をスイミングスクールに通わせることにした。そうしたら、そのスイミングスクールが超楽しかっ

たらしく、水泳が大好き少年に変わったのだ。大学時代には足立区の臨海学校の補助委員のアルバイトをするほどになったのである。

　そして高校生になった彼は、さらにそのリーダーシップを磨く。高校ブラスバント部の地区ブラスバンドの取りまとめ役となる。しかしリーダーシップが強くなると同時に反骨精神も比例して強くなっていった。例えば、ブラスバンド部の先生が終了時間を超えて練習をしようとすると、終了時間だからと言って、勝手に部員を家に帰してしまうとか、歴史の授業がつまらないとなると受験に必要な勉強を内職していたようだ。また、先生が社会の時間に「一粒の麦」というキリスト教に関係する話をしていると「先生、公立の高校での授業中に宗教の話はやめてください。」とまで言ってしまうほどだった。

　さて、少し英語学習についてスポットを当ててみる。彼は、中学２年の時に公文に通い英語力の基礎を培った。さらには英文で『ノアの箱舟』を読み英文で読む楽しさも知った。むろん、高校は外国語コースに進む。そして大学も外国語コースに進み教員をめざすのだが、大学４年の時の採用試験では合格できなかった。考えてみると彼の教員採用時の時期は本当に教員の採用人数が東京都でも１桁の時代だ。まさに教員にとっての就職氷河期の時代だったのだ。そこで彼はとりあえず代替教員となり、採用試験合格を目指す。その代替教員時代に、わが橋架村塾の門をたたくのである。そしてめでたく２３歳で採用試験合格。

　さて、教員は、初めて教員になった時から、年齢関係なく一人で教壇に立ち授業をする。当然、指導経験の浅い新任教員は指導の難しさの洗礼を受ける。ひどい時には、生徒から「死ね」とか「役立たず」とか「ばかじゃねぇ」などの罵詈雑言を受けるのだ。彼も例外ではなかった。それでもなんとかしたいとういう藁をもつかむ思いで俺の勉強会に来たのである。そして、すべてにおいて吸収力のよい彼はグングン伸びでいった。いつの間にか彼は中学校では授業がうまい先生になっていたのだ。

　人生とは本当にいろいろな試練を用意する。採用試験に受かった翌年からてっきり中学校の教員になると思いきや、かれは教育困難校と思われる高校の教員として東京都に採用される。また彼の苦労が始まった。しかし、

彼は持ち前のバイタリティで、英語指導も部活動の指導の困難さにも打ち勝っていった。

　実は俺は、彼の勤めている学校に行ったことがある。しかも、日本語はまるで話せない日系アメリカ人という設定で彼の授業に ALT として参加したのである。確かに英語の学力は高くはなかったが、彼の指導が生きており、生徒には学習意欲があった。おかげで楽しく授業をさせてもらい、最後に「ごめん、実は日本人なんです。」といった時、生徒から大きなどよめきと「なんだよ、日本人かよ、やられたよなあ。」というお褒めの言葉（笑）をいただいた。もうこの学校での彼の指導は大丈夫だと確信した。なぜなら生徒が温かい。

　そして、彼はこの学校での勤務を４年で終え、伊豆大島の先生として異動していくのである。東京では新任は２校目は島の先生になるか、定時制の先生になるかという条件があるのだ。

　またもや彼の人生は大きく舵を切り始める。伊豆大島高校の定時制では、今までと違い、ほとんどの生徒が英語の勉強が必要性を感じていなかった。そこで彼は、大胆な試みを行った。大島の観光ガイドを英語で作るプロジェクトを提案したのだ。今でこそ当たり前の問題解決学習だが、まさに生きた体験学習である。町に出て、インタビューをしたり写真を撮ったりして島のガイドやガイドマップを作ったのだ。そして、彼自身の英語教師の器を大きくするために、彼自身も研修として東京教師道場へ参加することにした。大島から東京へ通うのである。そこで知り合った同僚たちにも大きく影響を受けたようだ。彼の英語教師としての資質がまたここで大きく伸びていく。まさに大島での彼の教師としての力は相乗効果的に伸びていった。さらに、大島観光ガイドプロジェクトは副校長の協力もあり、資金も得て、羽田や成田にもその観光ガイドのパンフレットを、外国の観光客向けに置けることとなったのだ。

　そんな中、観光ガイドのパンフレットを作った二人の代表生徒が東京都でこのプロジェクトを英語で発表する機会を得た。するとこの生徒が高い学習効果を上げた生徒として東京新聞で表彰された。さらにはそれを指導した赤塚先生は、東京都の「頑張る先生」に表彰されたのだ。この実績が

功を奏し、彼が応募したオーストラリアの1年間の海外研修の権利を得るのである。東京都からは4人の狭き門だ。高校と中学の教育委員会から各一人、中学と高校の教員から各一人である。

この研修を受けた結果、彼は大島高校から英語教育が看板の都立国際高校へと異動になるのだった。そして彼はその時ある使命を託される。それは、日本の高校における国際バカロレアのコースの設立である。日本では初めてということで0からのスタートだ。当然、教えてくれるものはなくすべて自分で資料を取り寄せたり、外国の国際バカロレア会議に出席したり、授業参観をしてその準備をしていくのだ。その時の彼を私は知っているが、本当に仕事が多く、疲れ切っている様子がありありとうかがえた。その彼を支えていたのはあの反骨精神と使命感である。ただ、俺としても海外へ出張はうらやましいと思ったくらいだから、多分校内でも嫉妬の類もあり、居づらい場面もあったであろう。その頃、数回彼とスーパー銭湯で語り合った思い出がある。帰るときは少しだけすっきりした顔をしていたと思う。ここでまた、彼は一つ財産を増やす。それは世界中に国際バカロレアの教育者の人脈を持つことができたことだ。これは研究者にとっては宝物である。

そして彼は都立国際高校に国際バカロレアのコースを設立し終えて、公立高校を退職し、その後、早稲田学院本庄高校の先生となるのだ。実はその高校でも国際バカロレアの教育を推進するので、ぜひ赤塚先生が欲しいという思惑があったのだ。

俺が「どうだい、私立の早稲田学院本庄高校は？」と聞くと「いやあ、いいですよ。まず教員がリスペクトされてるんです。信頼されてるんです、生徒に。それに出勤、退勤時間は自分で決められるんです。研究日もある。まさに大学の学部と同じです。」「じゃあ、授業に合わせて出勤するんだね。」「そうなんです。ただ僕の場合は、自由なので、反発する必要ないから自分を律するようになりました。(笑)」「自由と責任ということだね。」「はい。」「じゃあ、逆にその学校に移ってから大変なことはあるの？」「学校はたいへんではありませんでしたが、NHKのラジオの収録が大変でした。」そうなのだ、彼はNHKの英語教育番組をまかされたのである。公共の電波だ

から間違いは許されないし、5年間その番組の内容がくりかえされるので
それもまたプレッシャーだったようだ。当然、ラジオ番組の先輩の阿野先
生にもアドバイスをもらったようだ。

　突然、彼は思い出したようにこう言った。「最近、僕は教員としてではな
く保護者としてまたは一般社会人として学校を見つめようという考えから、
PTA会長になりました。社会に積極的にかかわり、自分も成長できるかな
と思ったので。」これには俺も驚いた。なるほどこの落ち着きはその辺から
も来ているのだと納得した。

　最後に、「地上の星」としての影響を聞いてみることにした。「赤塚先生
の影響を強く受けている生徒がいるかな。」「そうですねえ、あっそうだ。
僕が企画運営していたシンガポール研修に行った女の子は、その研修で自
主的に問題を解決したり、研究したりする面白さを知って、積極的になり
今は奨学金をもらってドイツに留学しています。」なるほど、人生を主体的
に生きる。まさに今の日本が求めている人材だ。「それともう一人紹介して
おきますね。彼は早稲田大学を卒業後、アフリカにレアメタルの会社を立
ち上げるために、なんとアフリカに渡りました。しかしそこで、自分の力
のなさを実感し、学び直すためにイギリスのオックスフォード大学の大学
院に、A版40枚の英文レポートを書いて入学をしたのです。そして今で
は奥さんと一緒にアフリカで幼稚園を経営しています。」さらに彼は話を続
けた。「その話を生徒にしたんですよ。そうしたら二人の高校生がその人に
会いたいとアフリカへ行き、この前、成果報告をしに来ました。」

　彼の話を聞き、日本の将来に一筋の光を見た。彼の生き方や彼の周りの
人間の生き方がどんどん周りの人の人生を豊かにしている。これこそが「地
上の星」だと確信した。

　そして、赤塚祐哉先生が、我が橋架村塾の18年来の塾生であることを
誇りに思う。ありがとう、赤塚先生。

6　俳優と「岬企画運営」の２足の草鞋　岬千泰

　彼女と知り合ってもう２０年以上がたつ。今のフェイスブックやツイッター、インスタグラムが流行る前、似たような Mixi で知り合ったのである。
　しかし、彼女が大学を卒業してからは、たまに連絡を取り合うくらいだったのだが、彼女が俳優として自立し、いろいろな演劇やテレビでの再現フィルムで彼女を見るようになってきた頃、連絡が来た。「川村さん、お久しぶりです。ところで、前から映画に出たいって言ってたけど、今度私が出演する映画「浅草酔夢譚」でエキストラの口があるんだけど、どうですか。」「もちろん OK です。」憧れの映画に出られるのだ。
　そのころからか、演技や映画やエンターティメントにより興味を持ち始めた。そう、そのきっかけをくれた彼女を今日は紹介する。
　「では、さっそく、インタビューを始めます。今の岬さんの仕事のやりがいは何ですか。」「私の場合は、俳優と「岬企画」という団体の企画運営をしているんだけど、まずは俳優の方からで言うと・・・」俺が持っていた岬さんのイメージとは、少し違和感があったが、インタビューをしていく中でその理由がわかってきた。それは、彼女がある役柄をこなすだけの女優ではなく、自分のポリシーやミッションをしっかりと持っている表現者になったからだ。自分が伝えたいことをいろいろな形で伝えたいと言う強い熱意を持っている。だからこそ、彼女は自分を「女優」と呼ばずにあえて「俳優」と呼んでいる気がする。
　「私の場合は、自分が与えられた役を自分で考えて、その人を表現していく。よく演出家の中に、自分の思った通りの演技をさせようという人がいるけど、もしそうなら、それは私じゃない人を使ってくださいとその演出家に言う。」と言ってのけた。俺はそのゆるぎない自信に驚くと同時にワクワクしてきた。やはり俺の目には狂いはなかった。やっぱり魅力的な人は、ゴーインにマイウェイなのだ！「でね、ある時から、役者の自分から企画運営をして、自分たちの劇を公演したいと思うようになった。それで立ち上げたのが「岬企画」なの。」岬さんの心のスイッチが入ったようだ。

話に勢いが出てきた。「でね、役者が自分たちだけでその土台を作ろうと。実は役者はね、自由な空間で、安全な場所が保証されないと伸びやかな演技ができないのよ。」これはまるで英語の授業と同じだと共感した。安心、安全の場がないと人間はなかなか自分を出せないものだからだ。「それでね、最近は一般の人も岬企画に入ってやってみたいと言う人が増えてきたの。もちろん、一般の人の場合は、時間をかけて参加してもらうことになるんだけど、その人たちも生き生きとしてくるのよ。小学生も来るの。彼らの親御さんがお子さんの個性を伸ばしたいと思っているらしいわ。それで連れてくる。だから最近は子供のためのワークショップもやっているの。子供たちの場合は特に、その育っている環境の影響もあるから役者としてはピンからキリまでだけど面白いですよ。」これって完全に教育の分野じゃないか。まさに、子供たちの表現力を伸ばすと言うところとリンクする。

次に、岬さんは自分の子供時代のことを語り始めた。「私の親は、私が子供の頃、危ないことはやめなさいと言って、親としてのレールを敷いていてくれたのかもしれない。でもね、やっと去年気が付いたの、やっぱり少し流されて生きてきたんじゃないかなって。」それを聞いて俺は驚いた。だって今はプロの俳優と言う道を自分の意志で歩いていると思うからだ。それを去年気が付いたとは・・・さらに彼女はこんな事実も話してくれた。「中学校や高校の勉強を面白いと思ったことが一度もないの。もちろん、勉強はしていたけど、ほとんどが暗記で、暗記は得意だったからテストで困ったことはなかったけど、つまらなかった。親の考えも『テストの点は高くなくてもいいから、賢い子になりなさい』だったの。つまり物事への判断力や危機を乗り越える応用力（サバイバル力）が大切だと教わったのよ。だから、テストでいい点を取ったからお小遣いが上がると言うこともなかったわ（笑）。もちろん、テストの点なんて見せたことなかった。見せても何の反応もないしね。ある時こんなこともあったわ。化学の９８点を取ったテストをもらった後、なんだかマッチを擦って火を起こしてみたくなり、そのテストをビリビリに破いて、そのテストに火をつけたの。先生は驚いたけど、そんなことがあっても親はテストのことなど気にしなかったわ（笑）」やっぱり親の教育力は大きいんだなあと思う瞬間であった。

「私は、毎日が単調でつまらなかったんだけど、唯一感動するものができたの、それが演劇だった。ある水泳の授業の時、隣同士で泳ぎながら友達が声をかけてきたの。」「岬さん、演劇やってみない・・」「えっ、それ面白いの？」「うん、めちゃくちゃ面白いよ。」「そして、私は演劇の世界に入っていったのよ。何が面白いかって、舞台は何が起こるかわからない、それがすごく魅力的だった。同じ劇でも、演じる人でまるっきり違う、そして誰かが間違えたらそれをいかにカバーするかを考える。もうワクワクが止まらないのよ。アドレナリン出まくりだわ。」

　そんな時、彼女は『パワーマイム』に出会ったという。主催は腹筋善之助さん、演劇のタイトルは「ナイフ」。腹筋さんは、あの俳優の佐々木蔵之介さんと一緒に惑星ピスタチオのメンバーだったそうだ。その腹筋善之助さんが『ナイフ』というタイトルの公演をしていて、岬さんはなんとその主演を務めることになったのだ。その脚本３００ページ、そのセリフを覚えるのは並みたいていではない。その公演時間たるや、３時間、自分のセリフがない時でも動いていなくてはならない。もちろん、こんな長い脚本だから、誰かがセリフを飛ばしたり、間違えたりする、それを聞きつつ如何にこの場面をうまくつなげていくかを考える緊張感がたまらないそうだ。まさに緊張の中でアドレナリンが出まくるのだ。この興奮こそが岬さんを虜にした。もちろん、こんな何が起こるかわからないようなテストは学校では出ないからだ。彼女はこんなことも語った。「死ぬかもしれないという体験を乗り越えた時、ああ生きてるって実感があるのよ。わかる？このハプニングが最高なの！」これを聞いたので、俺はてっきり中学も高校も演劇部に入ったと思いきやこれが違ったのである。当時彼女が通っていた女子高は、校則も厳しくどの部活も先輩後輩間の礼儀がうるさく、彼女は、上から押さえつけられるのが嫌で入らなかったらしい。だが、文化祭等の行事やサークル活動が盛んだったため、彼女はそういうイベントの時の演劇や、同志で集まってやる芝居に参加していた。

　話は演劇に流れていった。「渋谷悠さんが書く、モノローグの台本が大好きで、渋谷さんの脚本をよく演じています。彼の作品は、誰の心の中にも潜んでいそうなブラックユーモアを扱っているんです。さらには、モノロ

ーグだけど、そこに話している相手がいると仮定してモノローグをするんです。だって、自分の気持ちを一方的にお客さんに押し付けるのはお客さんを馬鹿にしていると思いませんか。それにお客さんの方が役者より想像力があるかもしれないし、だから、見えない相手がいるモノローグなんです。」以前、俺もいくつか作品を見させてもらったが、お客さんがいて自分が店員で会話のやりとりがある設定だったり、電話の相手と話しながら話を展開させていく設定だったりと、まさにその場面が目の前に浮かぶリアリティのあるモノローグなのだ。彼女が俺に質問した。「映画とお芝居の違いがわかりますか。」「えっ・・・」「それは、映画は映像と音ですべてを見せてしまうけど、お芝居にはお客様の想像力と言う部分が残されているんです。」「なるほど。」「つまり、私のやっているお芝居はお客様と一緒に作り上げていくエンターティメントなんです。」俺は、この言葉に思わず唸った。そして彼女はこんなことも付け加えた。「私はみんなが飲み食いしている中でお芝居がしたい。飲食禁止のような堅苦しいのは嫌なんです。楽しんでもらいたい。そしてその内容は非日常がよい。だってつらいのは普段だけでいいじゃないですか。愉しい時間は、非日常がいい。」まさに彼女の体の中には、人を心から楽しませたいという精神が息づいているのだ。

　彼女はこんなこともしている。「子どもたちにもお芝居を教えているんですけど、その練習にはこんな課題を出します。『ここにリンゴがあります。どんな手段を取ってもいいからこのリンゴを手に入れてください』

　これに対して、子供たちは、腹踊りをしてお駄賃としてリンゴをもらうもの、お金を出して買う者、笑わせてリンゴをもらうもの、くすぐって奪おうとする者と多種多様のアプローチをしていく。「そう、この発想が環境から来る個性であり、表現力になるのです。」彼女が大切にしているのが『役者の表現力・発想・個性は育てていく物』」と言うことである。確かにそう考えると「没個性」などないのである。全員一人一人が個性を持っているのだ。「私の役割は、この一人一人が持っている魅力的な個性を見つけ、引き出し、伸ばすことなんです。」最高に痺れる言葉だ。これはまさに教師の言葉なのだ。「私が考えている演出とは、その人が光り輝く部分を見つけ出し、役作りをしてもらい、それをうまくまとめていくことだと思うんです。

決して自分の思った通りの演技を役者にさせる事じゃない。」俺がうっかり、「でも、日本人が型にはまりやすいのは、いろいろな伝統芸能が格式を持ち、いろいろに縛られているからじゃないですか。」と言うと、「それは違う。日本の伝統芸能の考え方に「守破離」というのがあり、まずは型を身に付けそのうえで自分らしさを加え、型を崩し、最初の形から離れていき個性的なものを創り上げていくのが日本の伝統芸能なのです。」これは完全に俺の誤解だった。「役者は常に、その芝居の目的とそれを達成しようとする情熱や熱意がないとダメなんです。そのために日ごろから考える訓練をするんです。」彼女は、まず人を感動させたいのであれば、自分が感動していなくてはいけないし、だから常に役者はセンシティブにいろいろなことにアンテナを張り、感動する材料を集めていなくてはならいと言うのだ。

　こんな実例が出た、耳が聞こえない赤ちゃんが補聴器で、初めて音を聞いた時の赤ちゃんの顔の表情。実は俺もこれは見たことがある。見ているだけで胸がジンとくる。目が見えない人が、科学の進歩でできたゴーグルで初めて景色や自分の家族の顔を見たときの感動の表情。これはまさにその場に居合わせるか動画で見ないと実感できないだろう。見ているとこちらの魂が震える。こういう光り輝く瞬間を表していきたいと。

　彼女の役者魂はこんなところにも発揮される。教授や研究者との仕事も多く入ってくるようで、その人たちは、いつもしかめっ面をしていることが多いらしい。そこで彼女は彼らを観察し、その笑いのツボを見つけ、笑わせ、しかめっ面が破顔した時のそのギャップが好きだと語る。また、先日はワークショップデザイナ―を育成するワークショップに参加されたようで、そこで掴んだことは、みんなが発言しやすいより安心、安全な場所を作ることがファシリテーターの仕事であり、それでこそ充実したワークショップができることだそうだ。これは彼女が「岬企画」を運営していく上でも大切なことだと感じ取ったのだろう。

　ここで、話題を変えた。「岬さんの人生の中で大きな失敗談や忘れられないことがありますか。」「２０歳の時に、彼氏がいたんだけど、この人は自分のわがままをどこまで聞いてくれるんだろうと、わくわくしながら試してみた。」そうしたら、さすがの彼もあきれたらしく１年間付き合った私に

別れを告げた。最後に聞いた言葉は、『何でもかんでも自己完結しないでほしい』だった。当時の私は、自分の思い通りにならないと、すべて切っていった。人も物も。でも、別れを告げられたその時初めて人との絆の大切さに気付き、人との絆を一番に考えるようになったわ。つまり、私はこの人を本当に好きだったんだと。そのあと立ち直るまで6年ほどかかったけどね。」まさに、人と人との絆こそ大切であるということ。つまり『人が財産』と言うことだ。今ではこの言葉をくれた彼に感謝しているそうだ

　最後にこれからの夢を聞いてみた。「これからの夢は、障害のある子供たちと多感覚を使った芝居をしてみたい。そしてこの夢を実現するためには沢山の発想とイメージ、本から学ぶ知識が必要なの。」
「私は、今の日本人は本を読む量が足りないから発想力が弱いんだと思う。だって視覚からすべてを学んでしまうと、考えることや空想、妄想をすることがなくなってしまう。だからこそ、今本を読む必要があると思うの。」
さらに話は社会の問題にも繋がっていく。
「最近は簡単に若者が人を殺してしまう。それは多分相手の気持ちや相手の家族の気持ちを考えないまま行動してしまうからだと思う。人間は殺されたら、リセットされない。だから今、刑務所でも人の気持ちをわかるためにロールプレイングをやっているわ。」

　海外では、学校でドラマの授業がある。つまり演じることで人の気持ちを理解するためにである。疑似体験ともいえるべき学習方法だ。なんと、宝塚市のある小学校では、さっそくこのドラマの受業を取りいれているらしい。いずれこの試みが成功すれば、全国へと広まるかもしれない。

　表現力を高める演劇の授業の実施。もしかするとこれは、これからの明るい日本を創るための一翼になるかもしれない。

　岬さん、あなたの演劇に対する熱意と明るい未来への取り組み全力で応援します。インタビューを受けていただきありがとうございました。
岬さんへの連絡先（本人の許可有）　岬企画 HP
https://wm-ahiro.amebaownd.com/pages/4733784/page_202103101059
twitter→X@misakikikaku　mail address:mmisakikikaku@gmail.com

7　アラフォーアイドル　美原奈緒

　この企画を考え、実際にインタビューを重ねるほど、みんな自分の人生にきちんと正面から向き合っていることをビンビンに感じる。そして今回紹介する美原奈緒さんもその中の一人である。

　私が美原さんと出会ったのは、とあるパーティでたまたま隣の席に座ったところからだった。そして彼女がアラフォーアイドルをやっているということを知り、彼女がリーダーを務める「情熱 Dream」という女性ユニットがでているイベントに参加することから今に至るのである。最近では、友達であることをいいことに、ずうずうしく俺の企画運営するパーティにもゲストとして出演してもらっているのだ。もちろん彼女たちの出演のおかげで俺のパーティは大盛り上がりである。そんな歌って踊れる素敵な女性アラフォーアイドルをさっそく紹介しよう。

　彼女のインタビューが始まり、さっそくこの質問をしてみた。「なぜアラフォーアイドルになりたいと思ったんですか。」「若い頃から、女優やバントを目指していたので、一度はブランクがあったものの、アラフォーアイドルの企画があると聞き、もう一度芸能の仕事がしてみたいと思い応募したのです。」「じゃあ、アイドルになろうと思っていたわけではないんですね。」「はい、私がお話をいただいた時には、初期のメンバーがいて、そこに外部募集という形で応募したのです。それが１０年くらい前です。」　そのころのメンバーは今のメンバーと違っていたという。しかしそのユニットが解散となり、その後は、自分がリーダーとなり、当時のメンバーに声をかけてユニットを作ったという。それこそが６年前の「情熱 Dream」の誕生なのだ。すでにそのころからライブやイベントには出演していたという。そして、デビュー曲「情熱☆ドリーム」はなんと美原さんの作詞・作曲である。それにも驚いた。

　しかし、彼女たちは厳しい条件の中でデビューしたのだった。なんと、デビューでは１０００人以上のコンサートになるので、自分たちの曲を、少なくてもいいからやることになったのだ。しかもその製作日数は１か月

である。もちろんアイドルユニットであるから振り付けもある。さらには、舞台衣装さえも間に合うかどうかでヒヤヒヤものだったそうだ。とはいうものの、幸運なことに、このイベントのことを朝日新聞が取り扱ってくれ、華々しいデビューが飾れたのだ。

　当時、参加していたアラフォーアイドルのプロジェクトには８期生までいて、全国から１７６人のアイドル候補者がいたが、多くの人が辞めていき、中には地元でアイドルユニットを始めた人たちも少なくないようだ。このアイドルユニットに参加した時から美原さんの第２の人生が始まった。「最近は、情熱 Dream もいろいろなメディアに出ていますが、忙しいでしょ。」「はい、でもステージは本当に愉しいし、スポットライトが当たるのも楽しいし、応援があり、客席との一体感が最高ですよね。今度７月２３日に全国からアラフォーアイドルが集まるイベントがあるのですが、朝６時から夜の９時まで練習することもあります。」と答えてくれた。ただ最近はコロナと東京以外に住んでいるメンバーもいるので、フォーメーションの練習もリモートで練習しなくてはならないこともあり大変らしい。それでも彼女は全力で頑張っているのだ。「じゃあ、そういうプロジェクトの中なので、割とスタッフさんとかマネージャーさんがイベントとか仕事かの段取りをしてくれているんですね。」「いえ、２０年もブランクがあったので、知り合いはいないからほとんどマネージメントなどは私がやっています。最初は自分は劇団で基礎は積んでおり、周りは素人さんが多くて、お客様に満足していただけるパフォーマンスができるのかと疑問に思っていたのですが、お客さんたちが、楽しかったとか、元気になったといってくれていたので、たとえパフォーマンスがプロでなくても、また年齢がいっていても頑張っている姿に元気をもらうと言ってくれたので、私たちがやっていることは意義のあることなんだと気が付いたのです。」

　「なるほど、よくわかります。それでも仕事をやりながらだと忙しいから休む暇がないでしょ。」と聞くと。「子どもが小さいころ頃はきつかったけれど、頑張ってきたおかげで、親の活動を恥ずかしがっていた子供たちも、今では応援をしてくれるようになりました。自分たちも仕事をするようになり、私の大変さがわかってきたようです。」美原さんに笑みが浮かぶ。

俺は、母であり、ビジネスウーマンであり、芸能人である美原さんがどういう生い立ちで今のような女性になったのか興味を持ち聞いてみた。「美原さんの小学校、中学校時代はどうだったんですか。」「実は、実母は私が生後2か月の時に亡くなり、その後父が再婚し、生後3か月から今の母に育ててもらったのです。私は小さいながらも、何かその母に違和感や距離感を感じていました。もちろん幼いころの私は今の母が後妻であることは知りませんでした。なんか私の母は他のお母さんたちとは違うとは感じていました。多分感受性の強い子だったと思います。」そして彼女は、違和感を感じつつも、自分はいい子でいなくてはいけないと感じ勉強も頑張り、学級委員も務め、友達付き合いも頑張ったと話してくれた。しかし、そんな生活にはとても疲れたそうだ。彼女は早くも燃え尽き症候群の中に入り始めたのだ。

　彼女は、小学校の頃は、子どもオペラや演劇に興味があったそうだ。中学校では音楽にも興味があり、まずはブラスバント部に入った。

　しかしこの辺から、美原奈緒の面白いドラマが始まる。当時彼女は少年漫画の「ドカベン」にはまり、野球部に入ろうとした。ただ当時は女子は野球部には入れない。ならばと、なんとメンバーを9人集めソフトボール部を作ってしまったのだ。なんと、彼女はブラスバント部に所属しつつ、練習がない時にソフトボール部の練習をしていたのだ。そろえたメンバーも他の部活を掛け持ちだったそうだ。しかしこれでは終わらない。水泳が得意だった彼女は水泳の記録会にも学校代表で出場しろという命を学校から受けた。夏はブラスバント部、ソフトボール部それが終るとプールで水泳の練習。ただでさえ、忙しいのに・・・そして彼女は燃え尽き症候群真っただ中に入っていくのだ。

　ただ、救いなのは全校クラブがあり、演劇クラブに入れたことだった。ただし、演劇クラブに入るということは文化祭で劇を演じるわけだ。『どれだけ、忙しいんだ、この時からまるで芸能人並みのスケジュールじゃないか』と口から出そうになった。彼女の場合は普通の人と「忙しい」のレベルが違うのだ。

　さすがに高校では、自分のやりたい演劇やブラスバンドに集中したと思

い聞いてみた。「高校では何部にはいったのですか。」「陸上部です。」もう頭の中にいくつもの？が浮かんだ。「実は、中学の時、友達から走り方が変だといわれたことが心の中に残っていました。たまたま高校で隣に座った女の子がとても可愛かったんです。その子に誘われて陸上部を見学に行ったんです。そうしたら陸上部の先輩も美男美女なんですよ。その時にその女の子から『一緒に陸上部に入ろう』と誘われ断れずに入部しました。それにフォームも直せるかなあと思って。」もう俺には彼女は意志が強いんだか弱いんだかよくわからなくなった。

　ところがここでまた彼女に試練が訪れる。陸上部の顧問の先生が大学を卒業してまだ２年目のバリバリの男の先生だったそうだ。当時はまだスポコン漫画が主流だから、『根性があればなんとかなる』の時代だ。そんな中彼女は短距離の選手として練習をしていたのだが、何せ３年生には８００メートルのインターハイ選手がいるくらいだから、練習がめちゃくちゃ厳しい。彼女はついにその練習に体が耐え切れず疲労骨折してしまうのだ。普通だったらここで休部なのだが、スポコン時代だから、できる練習はやれということで、ゆっくりでいいから走れと言われたそうだ。すると今度は、足をかばって練習するものだから、腰を痛めヘルニアになってしまった。そしてヘルニアをカバーするために今度は過酷な筋肉トレーニングが始まった。辛かったそうだが、ヘルニアの先輩が同じような練習をしていて「一緒に頑張ろう。」と言われ辞められなかったそうだ。（わかるなあ）

　高校時代を今振り返ると、もっと歌やバンドをやってみたかったと後悔が残るそうだ。ただ、先日その時の顧問の先生にあって、その先生が「当時の俺は故障する人のことがわからなかった。なんでこれくらいの練習で故障するのかと。でも今はわかる、あの時はお前に申し訳ないことをした。すまない。」と謝ってくれたそうだ。それで心が少し軽くなったらしい。

　そういう高校時代を送っていたので、めちゃくちゃ学業がおろそかになっていた。親は国立を受けろと言っていたが、自分の状態を考えて無理と答え、私立を受験した。１年間陸上三昧でろくに模試も受けていないので浪人をしてしまった。しかし高校時代に一つ彼女を変えたことがある。それは倫理社会の授業を受け、偉人の生き方に感動し、「自分がどう生きてい

くか」を考えたくなり大学は哲学科に入ったことだ。

　大学に入り、芸能の仕事をするためにどうすればいいのかひとまず大学で考えることにした。まずは彼女はバンドを組んだ。オーディションを受け芸能事務所にも所属することができた。何と芸能事務所に所属すると仕事があれば給料をもらい、しかも芸能に関するレッスンを無料でうけることができたのだ。仕事は、テレビのアシスタントや CM に出ることもあった。レッスンと言えば、ダンス、発声、ヨガにより柔軟な体づくりなど芸能人になるべく基礎力を培えた。

　しかし、彼女はまだ基礎が足りないと考え劇団の研究生になることにした。ちなみにマンションの CM に出たときの役は青空の下ランニングをする女性だったそうだ。（なんだ、陸上部の練習も役立ってるじゃないか　笑）

　劇団にも授業があり、大学の授業もなかなかでられなかったが、研究生２年次からは、研究生の人数が半分に落とされ、最終的には４，５人になり劇団に残るという。残念ながら彼女は劇団には残れなかった。その代わり落ちた研究生は他の劇団への推薦状がもらえたらしいのだが、彼女は推薦を受けなかった。なぜなら、どちらかと言うと当時の劇団の舞台は不条理劇など硬いものが多かったのだが、この世界はあまり自分の肌に合わなかったからだ。もっと明るい世界を演じたいと思ったのである。

　そこにまたチャンスが舞い降りた。あの秋元康が主宰する女子だけの劇団の話があり、その一期生に合格したのだ。舞台演出は堤康彦、構成作家は「とんねるず」の番組を担当している人だった。しかし、残念ながら給料は出ない。それでも大学卒業後アルバイトをしながらこの生活を続けた。アルバイトはイベントの司会やコンパニオン、MC などである。実家暮らしもあり何とか生活は続けられた。しかし、結婚し、子供が生まれ、その仕事もやむなく辞めることとなる。その後離婚し、一人で子供を育てることとなり、保険会社のビジネスレディとなる。

　そこで、自分の人生を振り返り、何かいつも中途半端だった気がして、それなら今自分の目の前の仕事に全力で取り組んでみようと覚悟を決めた。保険の営業はもちろん営業成績が重要になる。そこで彼女は全力で仕事をして、ある部門の営業成績のトップセールスウーマンになる。ついに彼女

は、再び自信をとり戻し、「もう一度、死ぬ前に自分が一番やりたかったことをやろう。」と決心するのである。

　そんな時、知人のセミナーの講師に「自分のやりたいことは公言したほうがいい。」と言われて、それまで「不言実行」をモットーにしていた彼女はその座右の銘を破り Mixi（今のフェイスブックのようなもの）に本気で歌とお芝居をしたいと書いた。それを見ていたセミナーの講師が「今度アラフォーアイドルのオーディションがあるけど出てみないか。」と声をかけてくれたのだ。そして、最初のアラフォーアイドルユニットのメンバーになり、今の「情熱 Dream」が誕生する事につながるのである。

　一通りの美原さんのヒストリーを聞き、最後にこんな質問をしてみた。「美原さんの歌には強さがあると前から感じていました。でもその秘密が今の生い立ちを聞いていてわかりました。ところで、現在の生活で大切にしていることは何ですか。」「それは毎日地道に継続することです。例えば今はストレッチを毎日やっています。どんなに忙しくても中三日は絶対に開けない。今では開脚して胸も床に尽くし、Y字バランスもできます。」「すごい、さすがですね。」「以前は、できない日があると、もうそれで自分がいやになり、やめてしまったんですが、今は、続けることに意味があると思い、そういう自分に負けずに、いや逆かな、寛容になり、続けることこそ意味があると思い続けてやっています。どんなことでも決めたら続けることが大事なんです。」まさに力強い言葉だった。

　「では、最後の質問です。これからの夢は何ですか」「みんなが知っているようなヒット曲をだすことです。紅白にも出たいです。なんならバックダンサーでもいいかな（笑）。」

　まさに「あきらめない心をもち、そして全力で取り組んでいく女性。これこそが自分の人生を切り開いていく人たちに共通した美点なのでしょうね。美原さん、これからも俺は全力で応援しますからね。

8　３つの顔を持つ男　プリンセス天功東京魔術団団長　澤村翔一

　「川村さん、映画にエキストラとして出る気ある？」女優の岬千泰さんが声をかけてきた。俺は、もちろん二つ返事で OK した。収録が終ったあと、「川村さんにぜひ会ってほしい人がいるんだよねえ、懇親会も来る？」「えっ、いいの、俺がでても。」「うん、かまわない。会ってほしいんだよね、似てるから。」　そして懇親会で紹介されたのがプリンセス天功東京魔術団団長・澤村翔一さんだった。俺たちは会った瞬間から昔から知り合いだったような感覚にとらわれた。自然にどんどん言葉が出てくるのだ。本当に不思議な感覚だった。澤村さんは、有名な芸能人でありながら、本当に謙虚な物腰で、それでいて少年のような純粋な心を持った人だった。そして自分の仕事に熱い情熱を持っていた。どんな人も受け入れるような優しいまなざしと包容力のある人だった。でも今の澤村さんもまた、彼の人生の中で創られていったんだとインタビューをしながら感じていた。
　「澤村さん、今やっている仕事についてお話してもらえますか。」澤村さんは、こう説明してくれた。自分の仕事は３つある。　１つ目はプロのマジシャンとしての仕事。そのマジックの仕事も段階があってテーブルマジック、サロンマジック、そして今プリンセス天功と一緒にやっている新しいマジック、そうイリュージョンだ。２つ目は演出家の仕事。特に天功の天才的なアイデアを具現化していく仕事がメインとなる。今はそれにテレビ，舞台、CM の演出もしているという。３つ目はクリエーターとしての仕事。マジックをイリュージョンに昇華させるために今までになかったものまで作り上げる。イリュージョンの舞台はもちろん、小物のデザイナーもできる。プリンセス天功の王冠をデザインし作成したのは有名な話だ。ある時プリンセス天功が今までにない王冠を、そうあのフラッシュゴードンにでてくるプリンセスの被っていた王冠みたいなものを作ってほしいと澤村さんにオファーしてきたのだ。そして世界に一つしかないあの見事な王冠を作り上げた。このクリエーターとしての才能には納得の裏付けがある。

澤村さんの御父上はＮＨＫのいろいろな大道具や小道具を作る美術さんだったのだ。自宅にはアトリエがあり、そこには御父上が作ったたくさんの作品があった。そこで育った澤村さんが影響を受けないわけがない。まさに「カエルの子はカエル」なのである。これが３つの顔を持つ男　澤村翔一さんである。

　澤村さんはこう続ける。「でもね、川村さん、俺だけがすごいんじゃなくて俺たちはチームなんだよ。例えばメンバーの一人は中国武術の達人でそのメンバーがアクションの振り付けをしたりするなど、専門家が集まった集団なんだ。」なんだか、漫画のワンピースのメンバーのようだ。

　そして澤村さんは自分の仕事のやりがいをこう語った。「舞台に立って人を喜ばす仕事。それが俺の仕事だし、人が喜んでくれることに喜びを感じるんだよね。」これは教師の俺も思い切り納得である。ただ、澤村さんはその難しさも語る「プリンセス天功はね、ある意味天才なんだよ。だからすごいアイデアが出てくるんだけど、他の人が理解するのには少し難しいんだ。だから俺がそれをみんなが分かるように説明し、段取りを立てて、不可能を可能にしていくんだ。そして常に新しいものを作っていく。もちろん大変なんだけど、みんなが喜んでくれる新しいものができた時が最高に愉しい。」と満面の笑みで語ってくれた。

　澤村さんは、こんなエピソードも語ってくれた。「もう、２０年くらい前になるんだけど、森久美さんと、谷啓さんと広末涼子ちゃんが宇宙人の家族で、中村雅俊さんが、売れないロックシンガーという設定の舞台があったんだ。その中でね、涼子ちゃんがロックシンガーの部屋でＣＤを見つけて、どうするものかわからなくて、円盤を空中で回すところが見えるようなシーンがあったんだ。そのＣＤがくるくる回る演出を考えて欲しいというオファーが来た。そこで澤村さんは、「よし、人差し指の上で、ＣＤを立たせて客席から円盤がみえるようにしてクルクル横に回るような演出しよう。」と思いつき、その小道具を完成させた。その時すごく監督が喜んでくれたらしい。まさにそれこそが至福の喜びだったそうだ。澤村さんのモットーは、オファーされたものよりさらに一歩上をいくものを作ることなんだ。(すごいなあ　ゴリゴリのクリエーターだ)

「澤村さんの仕事は、クリエーターだからアイデア勝負だけど、どんな時に思いつくの？」すると意外な答えが返ってきた。それは車を運転している時だという。運転している時は、手も足も目も耳も使い脳が活性化しているから思いもかけないアイデアを思いつくことがあるらしい。しかし、あまりにも没頭して、目的地を過ぎて運転していることが度々あったそうだ。最近は忙しいから、なるべく運転の時に考えるのはセーブしているようだけど。さらには雑踏の中や人がたくさんいる喫茶店もアイデアが浮かんでくるいい場所だと言う。いろいろな刺激があるかららしい。俺のような一般人は、静かなところの方が思いつくような気がするのだが。そういえば、新しいマジックを考える時は東急ハンズにもよく行くそうだが、そこにはやはり同業者のマジシャンもよく来ているそうだ。
　アイデアについてはこんな話もしてくれた。もちろん先達たちのマジックも参考にはするが、常にオリジナリティのあるものを作りたいと。そこで世界の文様辞典を見たり、ファイナルファンタジーの画像を見たり、イメージに刺激を与えながら作り上げていくらしい。ただその画像を見えるところに置いておいたりすると完全なコピーになるのであくまでも刺激としてみるのだという。澤村さんのあくなき探求心はまさに科学者クラスだ。ただ、そうやって苦労して作っても肝心なお客さんが喜んでくれなければだめだと自分を戒めている。さすがプロだなと思った。
　もちろん、人間だから、自分の理想があり、現実がある。現実が理想にはるかに遠い時は、イライラしてストレスがたまる。その時は、その理想にたどりつき、観客が喜んでくれる姿を想像してイライラをワクワクに変えると聞いた。ストレス解消法ももちろん身に付けているのだ。しかし完全に落ち込んでいる時は、好きなジャズを聴くのだそうだ。有名なプロのジャズピアニスト・ビルエヴァンズが最高だと語ってくれた。さらにはそれを聞くと、よくそれを聞いていた、まだピュアだった高校の時を思い出し気持ちを切り替えることができるという。仕事の大変さ面白さ、そして人間味を感じさせてくれるお話だった。
　「澤村さん、お仕事のことはよくわかりました。では次に、小学生や中学生の頃のことをお聞かせ願えますか。」「僕は、小学校の頃は人見知りを

しない明るい子でした。あることが起こるまでは・・・。」

　澤村さんは小学校２年生の時に児童劇団に入った。今でも覚えている最初のセリフは、眠狂四郎に向かって「ねむ、ねむのおじさん、遊んでよ」だ。無法松の一生という舞台でＷキャストの子役として１年間地方巡業に出かけたこともある。それは、それで楽しかったのだが、学校に戻った時に自分だけ時計が読めないのが分かった時はショックだったという。

　小学５年生の時である。人気ドラマ「超人バロム１」に出演した。その中で吸血キバゲルゲに襲われて吸血鬼になってしまう少年を演じた。澤村さんはそのドラマが放送された翌日学校に行けば、友達がみんな笑顔で「おお、澤村みたよ。」と笑顔で話しかけてくれると思っていた。しかし現実は「あっ、キバゲルゲだ！」と指をさして下級生から石を投げられてしまった。この時、澤村さんは大きなショックを受けた。「その役によっては人気者になるどころか、嫌われたり、気持ち悪がられたりするんだ。」目立つと阻害されるのだと。ここで澤村さんの人生が少し変化していく。

　小学校では、同じ目立つとしても運動ができるか面白い奴は、注目は集めても阻害されることはない。そこで沢村さんは、面白い奴に徹することにした。小学校６年生から中学３年生になるまでそれを貫いた。まさに八方美人だったという。中学の卒業式を迎え、みんなお互いにメッセージを書く。その中のある友達の一言に澤村さんは衝撃を受ける。「澤村君は、お面白い人だったけど、今一つ心を開いてくれなかったね。」これは彼の心をえぐった。自分が自分を演じているのを見透かされている気がしたのだ。

　しかし、高校時代は、そんな彼を救ってくれた。堀越高校という芸能人がたくさん通う高校に進学したからだ。「そうだ、もう面白い自分を演じる必要がないんだ。」高校生でＮＨＫのドラマの主役をやったり、昼のドラマの準主役をやったりして、演技の面白さを実感し、将来は役者として生きていくと決心して東邦大学の演劇科に進学した。

　大学生になり、またまた大きな出会いが彼を待っていた。先代のマジシャン引田天功が亡くなり、２代目プリンセス天功がその後を継いだ時だ。

　澤村さんが、大学２年の時、プリンセス天功のマジックショーでは踊り・演劇・アクションができる役者を探していた。そこにエントリーしたのが

澤村さんだったのだ。一発で採用され、プリンセス天功と出会う。そして今度はイリューションの世界のとりこになり、やがて、２６歳の時には自分がプリンセス天功魔術団団長になっていた。しかし、まだ当時は、芸能の世界では目に見えない身分制度みたいな見方があった。こんな感じだ。一番上が演劇、次に音楽、次に落語、次に漫才、そして曲芸やマジックだった。つまり一番下がマジックだったのだ。よく曲芸やマジックを「色もの」と言うが、それは演目のまくりにおいて、普通の演目は黒で書かれるのだが、曲芸とマジックだけは赤などで書かれていたからだった。

　澤村さんはこの見られ方も何とかしたいと思っていた。外国ではマジックは立派な芸能だったからだ。やがてその努力も実り始め３０代前半になんとアメリカからの出演オファーが来たのだ。それからいろいろな国からのオファーがプリンセス天功魔術団にくるのだった。そして、ついに逆輸入されるかたちで、プリンセス天功東京魔術団は日本の舞台に立った。その時は、もう彼らの舞台はマジックショーではなくイリューションと呼ばれていた。これを語る澤村さんは本当に嬉しそうだった。

　しかし、順風満帆だった魔術団にもまた試練の時が来た。澤村さんが団長になり１５年を過ぎたころだ。テレビで手品のネタ晴らし番組が流行っていた。当然魔術団にもこのオファーが来た。澤村さんは、このオファーを断った。その時プリンセス天功が澤村さんにこう語った。「もし、ここでうちが断ったら、多分ほかの人が受け入れてネタをばらすわ。そうしたら、翔一君が愛しているマジックを、それを見ていた人に『なーんだ、マジックなんてたいしたことないな』と言われるのよ。」それを聞いて澤村さんは考えた。「今あるネタをばらしてしまうと、それを自分のマジックとしてやっている人は二度とそれが人の前でできなくなってしまう。だったら、自分のオリジナルのマジックのネタ晴らしをしよう。そうすれば、誰にも迷惑をかけない。そしてそのあとにネタ晴らしをしない凄いマジックを見せよう。そうすればやっぱりマジックはすごいということになる。」俺はこれを聞いた時、心から感動した。まさにマジックを愛している人だからこそできる発想だからだ。この申し出をテレビ局も OK した。プロデューサーもこの企画をえらく気に入り、シリーズとなった。もちろん、このシリー

ズは、毎回すべて新しいオリジナルのマジックを作るわけだから大変なのだが、これが彼を鍛えてくれたと語ってくれた。

　１９８９年昭和天皇が崩御され、バラエティの自粛ムードが高まった。さらには阪神淡路大震災があり、このムードに拍車がかかる。しかしそんな中、あるテレビのプロデューサーから、「こんな時代だからこそプリンセス天功魔術団の皆さんに来てもらい皆を元気にしてください。」というオファーが来た。この時は本当に嬉しかったという。そこで４トントラックで現地に赴いた。そのトラックにはぎっしりと支援物資を積んで。もちろん、イリュージョンだけでなくボランティア活動もした。人間は癒しや感動がないと人間らしく生きていけないのだと実感したという。

　東日本大震災の時もその思いは変わらずボランティア活動やエンターテイメントを届けようとしたのだが、自分は舞台準備で怪我をしてしまい１か月行けなかった。２か月目にやっと片腕を骨折していたものの、自分の役目は、人に楽しみや癒しを届けることと思い、片腕でマジックを震災を受けた人たちの前で披露した。

　そして、この時からはもう一つ自分の使命を強く感じたのである。それは「人を喜ばすスペシャリスト養成講座」を開くこと。人を喜ばすことができるエンターテイナーの育成である。この講座の開催こそ、これからの彼の一番の楽しみである。

　最後に、人間澤村翔一の弱さも話してくれた。友人、仲間はある程度大切にしているものの、自分に近い人にはどうしてもわがままになり傷つけることがあるということだ。しかし、奥さんのオープンマインドに触れ今はずいぶんと自己肯定感も生まれ、より講座を充実させることができるようになったと語った。

　彼はこうも語る「講座を通して、僕はこのエンターテイメントの中で培ったもの、例えば、人のメンタルの在り方や利他の心を人々の中に習慣化させていきたい。だって**本当の幸せは人を幸せにした時に味わえるものだから**」　彼こそ、職業こそ違え、本物の教師の一人なのかもしれない。

9 Life is art の提唱者　リュミエールなマダム　今村佳奈

　正直なところ、インタビューするまで、今村さんのことは、あまりよく知らなかった。でも彼女のフェイスブックの内容から、人生に対してアクティブであり、探求者の持つストイックさを感じた俺は、思い切ってインタビューのオファーをした。するとすぐさま快諾してくれた。まるで迷いがないように感じた。

　彼女のこの潔さは、実は、その穏やかで、まさに良家のお嬢様を彷彿とさせるその容姿からは、想像もつかないような波乱万丈の人生を送られてきたことから来ている。話が進むほどに、彼女の人生にワクワクしてインタビューをすることができた。

　まず、インタビューをする上で、今村さんとの心の距離を少しでも縮めようと３つの共通点のアプローチから入った。１つ目は、同じ青山学院大学の出身であること。２つ目は、彼女が渋谷に住んでおり、俺も実家が渋谷であること。そして３つ目は彼女が経営する有限会社リュミエールの「リュミエール」の意味がフランス語で「光」であること。そう俺の名前も「光一」で光が入っているのである。ここで少し今村さんが微笑むのを見てほっとした。余談になるが、今、俺が親父の代わりにオーナーをしているマンション名がレディスマンション鹿児島なのだが、来年からその名前を偶然にもメゾン・ド・ル（リュ）ミエールにしようと思っていたので、このフランス語を知っていたのである。

　では、そろそろこの美しい芸術品（art）の人生を聞いていただこう。

（１）仕事とやりがい

「今村さん、今のお仕事の内容とやりがいを教えていただけますか」「私の仕事のメインはファスティングと健康のサポートです。オンラインでやっています。ファスティングと聞くと、ただ３日間ほど食事をしないことだと考える方が多いようです。特に日本の場合はダイエットをイメージしがちですが、もちろんダイエットもありますが、適正体重のキープや血液がサラサラになること、健康寿命延伸のための知識等についてお話をして健

康に生きることのサポートをしています。」彼女の説明には一斉の淀みがない。俺のわずかな予備知識をベースにいくつか質問してみた。「男性もファスティングしている人がいるんですか、それはデトックス作用（解毒作用）もあるんですか。」「はい、男性もいらっしゃいますが、8割ほどが女性です。もちろんデトックス作用もあります。実は、この仕事を興すことになったきっかけは、45歳過ぎて私が椎間板ヘルニアなり、その解決方法の1つとしてファスティングと出会ったからなんです。」

　ちなみに、ファスティングのサポートは、3日間の断食の期間を挟んで、事前に行うことと事後に行うことがあり、トータルで10日間くらいを要するそうだ。さらに驚いたことには、なんと1週間で4.5キロもやせることもあるというのだ。彼女自身、3回のファスティングで半年で8キロ痩せたそうだ。そしてその効果の絶大さを知ると、今度は、これを人に伝えたいと思い、ファスティングのカウンセラーの資格を取り、ボランティアでファスティングサポートを始めたのだ。すると、10名ほどの人が劇的に変化していった。もちろんサポートされた人たちが喜んだことは言うに及ばす、人のためになることをする充実感を実感したと言う。そして、この素晴らしい実績を知った友人に勧められ、このファスティングサポートの会社を立ち上げて本格的に事業に踏み切ったのである。すべてオンラインで行うのであるが、そのサポートの方法は2種類、個別対応とグループを組んでの対応。男性は個別対応を好むが女性はグループ対応が多く、女性の場合はその方が効果が高いそうである。（なんとなくわかる気がする）

　実は、おれ自身、ダイエットを常に行っているがいつもリバウンドしてその苦労が泡と消えているので、この質問をぶつけてみた。「ファスティングでやせるのはわかりましたが、リバウンドしないんですか。」「確かに一時的に断食をした後リバウンドする方はいらっしゃいますが、だからこそ、ファスティングが終った後も、リバウンドしないように、糖質の摂り方や選ぶ食品の指導をしているのです。」「ということは、サポートが続くわけですね。」「はい、そうです。中には一生サポートしてほしいという方もいらっしゃいます（笑）このファスティングを始めると、このようなサイクルになるのです。4，5キロ痩せる⇒見た目がよくなる。周りの人から変

化が感じられる⇒ほかの人に勧めたくなり紹介する。⇒ファスティングの輪が広がる。そして現在は会員が３５０人になりました。」

　さらには、こんなこともアドバイスしてくれた。単純に食事を制限してダイエットをすると体力が落ちたり、肌がカサカサになったり、顔だけやけにげっそりしたりと健康を損ねるのだが、ファスティングの場合はあまり顔の感じは変わらず体型だけが変わる。ある程度の年齢になり、急激に痩せたりすると病気ではないかと疑われることが多々あるのだ。

　さらには、ファスティングは腸活にもよく、体を健康にするばかりか、精神的にも安定する。中には久しぶりにあった人に別人になったと驚かれる人もいるという。現に、今村さん自身がミセスコンテストで優勝したり、モデル事務所に所属している事でも頷ける。彼女自身がファスティングを実践し，体型に自信を持ちその効果をご自身で証明したくてチャレンジしたのだ。返す言葉もない。

（２）学生時代

　ここまで、自信に満ち溢れ自分の人生を歩んでいる今村さんは、どんなお子さんだったかを聞きたくなり、質問の矛先を学生時代に向けてみた。

　「『お仕事の内容とやりがい』ありがとうございました。それでは、今村さんが小学生、中学生時代はどんな生徒さんだったがお聞かせ願えますか。」

　「小中高と、私は内向的で、読書好きの生徒でした。幼少の頃からヨーロッパの映画が好きで、それで青山学院の英米文科に進んだのです。」ここまでは納得の一幕であった。しかし、話は意外な方向へ進む。「私は人とコミュニケーションを取るのが苦手で、一人でいることが好きだったので、これといった友達もいなく、小中高と変わっている人と思われていました。時にはいじめられることもありました。」俺はてっきり、お嬢様育ちで家でも学校でも蝶よ花よともてはやされ、男子からもモテモテで幸せな学生生活を送っていると思っていた。

　読書は、彼女の精神をどんどん成熟させ、やがて「私は私」という確固たる自我が目覚め、周りが幼く見えて、周りになじめず孤立して孤独になっていったそうだ。自分を分かってもらいたい気持ちはあるものの、人間関係のわずらわしさがつきまとうのであれば、一人のほうがいいという道

を選んだのである。

「そうでしたか、今のお仕事をやっている今村さんからはあまり想像つきませんが。それでは大学に進学された後、どんな夢をお持ちでしたか。」

「私は小説家になるのが夢でした。だから今でも書くことが好きなので、お客様には、かなり長いサポートの文をお送りしたりします。（なるほど）とにかく、本を出版したいと思っていました。」

（３）海外生活

しかし、そんな彼女も大学卒業後、世の常として旅行会社に就職することになる。しかしそれは、４年間の間にお金をためて海外で生活をする資金作りだったという。「まずはニュージーランドにワーキングホリデーで行きました。さらにはカナダに３か月、その後フランスに２年半住みました。」ここからいよいよ彼女の人生が劇的に変化していく。

ニュージーランドやカナダに滞在した時は、多くのストレスを感じていたようだ。考えてみるとニュージーランドの人やカナダの人は、日本人よりもより気軽に人と接してくるので、一人が好きな彼女にはつらかったのかもしれない。それに比べてフランスについて語る今村さんは輝いていた。「私は当時、フランスにいられる幸せを感じていました。大学から旅行会社で働いている間に、３２か国を旅しましたが、一番フランスが自分にピッタリすると感じたんです。」俺はどちらかと言うとフランス人はプライドが高くなかなか人に心を開かないような印象だったが、彼女にとってのフランスは違った。個性を大切にして、実にフレンドリーだったというのだ。まず彼女は南フランスの町の美しさに惹かれた。さらにはマナーの良さ、知的な会話、伝統、個性を大切にするところに魅了された。確かに、アメリカやカナダのような新しい国の気軽さとヨーロッパ人への接し方は違うのはわかる。

（４）ワインそしてフランスへの愛

彼女はワインが大好きでワインのエキスパートの資格を持ちこの２０２３年の４月からモテモテワイン道なるものを企画運営している。「日本にもワイン好きの女性が多いのに、日本の男性にはおいしいワインのあるお店にエスコートできる人が少ない。日本の男性にももっとワインを知って

ほしい。だって『ワインは世界の教養』だもの。」（うっ、ワインは世界の教養なのか。お酒があまり飲めない俺の耳には痛いセリフだ。）

　さて、このフランスで彼女の人生が変わったきっかけは、日本では感じることのできなかった自己肯定感が芽生えたからだそうだ。

　日本では「和」を尊ぶあまり、自分の意見をしっかりと主張し、討論をしたり、相手に意見をもとめるようなことは、あまり歓迎されないのが常だが、フランスでは堂々と自分の意見が言え、そのうえで協調していく風潮があるのがいいと言う。これは俺も思い切り同感だ。俺も学生時代は日本は生きにくいと思っていた。なぜなら自分の率直な意見を言うと、今まで、これでやってきているとか、若いくせに生意気だと言って大切な意見や考えであったとしても取り合わないことが多々あるからだ。最近はずいぶんと改善されてきているようには思うが。

　表現するということに焦点を当てると、もう一つ彼女と同意見だったのが、無責任なSNSでの誹謗中傷だ。自分の言葉に責任を取らず、面白いからとかストレスのはけ口のごとくターゲットがあればそれを攻撃する。それが何のためになるのか、まったくのメンタルの低さに呆れる。

　さて話を今村さんの人生に戻そう。

　「今村さんは、英米文学科でしたよね、フランス語もできたんですか。」「実は、第2外国語がフランス語だったんですが、単位を落としてしまい，中国語を第2外国語として2年目に履修しました。」「えっ、じゃあフランス語はまるで分からない状態でフランスに2年半もいたんですか。」「はい、フランスに行ったときはフランス語は全然できませんでした。でも私はフランス語の響きが好きなんです。もしかすると英語よりもフランス語の方が日本語に近いかもしれない。英語にはアクセントがありますが、フランス語はぼそぼそと話しても通じるんです。」俺は彼女のメンタルの強さに驚いた。フランス語が全然できないにもかかわらず、果敢にフランスに行ってどんな暮らしをしていのだろうと、より興味がわいてきたので、もう少しフランスでの話を掘り下げてみた。

　彼女は、まず、大好きな南フランスに行き、ホテルに単身で住み、生活語として必要なフランス語をマスターすべく、語学学校に通う前にフラン

ス語のシャドーイングを毎日した上で、語学学校へ通った。その教材はロゼッタストーンといい今もあるそうだ。そして生活の中で貪欲なまでにフランス語を吸収していった。

　実は、これほどの行動力は、バックパッカーをやって東南アジアやヨーロッパを回った経験がそれを支えていたのだ。彼女はそのすごさをこう語る。「私、死ぬ以外はすべてこのバックパッカー時代に経験したんです。お金を取られたり、ハーレムで黒人に囲まれたり、車の事故に遭ったり、何せ女一人旅ですからね。例えば、インドでは一泊４００円の安宿にとまったら、一晩中どこかの男性にノックされたり、車のガラスが割られお金を取られたり。最後は、もう死んだと思えば何にも怖くないと開きなおり、『もう、何でも来い。』と思うようになったんです。」

　もう一度話をフランスの生活に戻そう。

　彼女はフランスにいる２年間日本食のレストランでアルバイトをしていたそうだ。そのレストランで、オーナーから今度、温泉旅館を作るからそのスタッフの一人として手伝ってほしいと頼まれたのだ。(フランスで温泉旅館とは意外だが) そして職場を移し働いていた時に、彼氏もできたそうだ。彼女曰くフランスは「愛こそすべて、アモーレの国」だそうだ。

　彼女は、フランスとワインについてこうも語っている。

「フランス女性は、みんなが年齢を重ねるほど美しくなっていくと考えています。そして女性は一生魅力的でありたいと思い生きているので、何回も結婚します。セックスレスになれば、それは愛がないと感じ離婚してしまいます。好きではない人と一緒にいるより、心から愛せる人といたいと思うのです。だから我慢はしない、まさに恋愛大国の考え方です。私もフランスの映画を見て『私もいつまでも魅力的でいよう』と思いました。ただ誤解しないでください。フランスでの恋愛は、浮気心からではなく、常に一回一回が真剣なのです。だからこそ男女ともに嫉妬深いということもあります。また日常的に男女とも愛を語り合っています。まだまだ日本では、毎日のように愛を語り合っているカップルは少ないようにも思えますね。そして恋愛大国であるが故によく男性から女性に声がかかります。それでもきちんとノーと言えばそれ以上は寄ってくることはありません。大

人のマナーですね。」

　そういえば最近の日本の女性も、堂々と自分の意見を言える人が増えた気がする。俺が勤めていた小学校でも、男子はだれも女子のリーダーには頭が上がらない感じだった。（笑）

　もう一つ、ワインにちなんだ話をしてくれた。

　実は、フランスで１０歳年下の彼氏と大喧嘩をして、２年間のフランスでの生活にピリオドを打ち、日本に帰ってきた。その時はもう彼女は、ワインの虜になっていた。そこで、彼女はワインのエキスパートの資格をとるためにワインについて学べる学校へ行くことにした。そこで、今のご主人と出会ったのだ。お二人ともお酒が強く、大好きなワインの話で盛り上がり、それが、やがて恋愛となり、ご結婚されたというわけだ。

　なんか、ここまで来て、ワインのことを知らない無粋物のように思われたくない俺は次にこんな質問を投げかけた。（せこいなあ俺　笑）

　「ボジョレー・ヌーヴォーって美味しいんですか。」「ボジョレー・ヌーヴォーってボジョレー地区でできる新しいお酒のことなので、おいしいものもあれば、人によってはそうでないと感じるものもありますよ。ただね、ボジョレー・ヌーヴォーは熟成されるワインじゃないから、フレッシュなうちに飲まないといけないの。まあ、ボジョレー・ヌーヴォーの解禁は、新しいお酒ができたからみんなで飲みましょうというお祭りみたいなものね。古いワインはまろやかでワインも女性も熟成された方が魅力的ってことかな。だから、フランスの女性は、マドモアゼルと言うよりはマダムと呼ばれた方を喜びます。つまり男も女もワインも年と共に味わい深いものになるのね。」さすがに今村さんは、表現が豊かだ。そして話をこう繋げた。

　その魅力を保つためにもファスティングはあるという。ファスティングの本質は、『若々しい精神で美しく』であり、『あなたの１０年後の綺麗を応援する』がテーマとなっているとも語ってくれた。言葉を変えれば「人生のクオリティの向上「　Vive la vie!　（楽しもうよ、人生！）」と言うことだそうだ。そして、人生のクオリティを上げているものが経験であり、それこそが人生の肥やしとなり将来のステップアップにつながると。

（6）「書く」ということ

　今村さんが、常によどみなく話すことができる理由の一つが実は「書く」という表現が好きなことと推察する。常に思考し，考えをまとめなければ文章は書けない。何と今村さんは思春期から２０年間日記を書き続けていたそうだ。日記は自分と向き合うことであり、自分を客観的に見るのに役に立つ。しかし、結婚をきっかけに書くのを辞めたそうだ。それは孤独やストレスをためながら生きてきた人生が終わったからだと語ってくれた。そして、日記を読み返すとすべてが今に至るための必然だったと。さらには、自分は勉強する、いや自分の関心のあることや、やりたいことについて学ぶことが大好きでそれを人に伝えたいと。

　そういえば、「みつを」の言葉に「一生勉強　一生青春」と言う言葉があるが、それに近いものがある。今は、あの椎間板ヘルニアの手術後に、健康こそが一番と感じ、その健康を与えてくれたファスティングを世の中に広めたいと強く思っているそうだ。

（7）忘れられない思い出

　最後にこう質問をした。「今村さんの忘れられない思い出を一つお話してもらえますか。」「忘れられない思い出は、ニュージーランドでのことです。せっかく日本を出てニュージーランドに来たのですが、ここでも孤独を感じていました。２８歳、２９歳の時です。そんな時、語学学校の先生がとても親身になり話を聞いてくれたのです。その優しさが身に染みて、いつの間にかその先生を好きになっていました。ただその先生は既婚者だったので、私の孤独感は余計エスカレートしていき、夜中にシリアルを一箱食べるほどの過食症になってしまい、半年で、６，７キロ太ってしまいました。そして泣きっ面に蜂とはまさにこのこと、そんな時に、車の横転事故を起こしてしまったのです。幸い、命に別状はなかったものの、友達が車の同乗者保険に入っていなかったために修理費が日本円で５０万円くらいかかってしまったのです。これは貧乏学生にとっては、死活問題です。

　そんな時、キリスト協会が主催するクリスチャンキャンプで７２歳の男性に会いました。その方は、保険会社を経営していて、保険がうまく使えるように助けてくれたのです。そのあとその男性から意外なオファーを受

けたのです。「今、ここで車の運転を辞めてしまうとそれがトラウマになり一生車の運転ができなくなるだろう。だから今すぐ運転した方がいい。私と一緒に２週間キャンプをしてそこでトラウマを解消しよう。」私は正直迷いましたが、あえて勇気を出してその申し出を受けました。多分それまでのバックパッカーの経験が自分を後押ししてくれたんだと思います。

　その２週間のキャンプのなかで、彼は毎夜人生のレッスンをしてくれました。女性としての生き方や男性の選び方、仕事等について。さらにはこうも言ってくれています。『君はダイヤの原石だ。でもね、その美しさの見せ方を知らなくてはいけない』彼はさらに、私のためにご飯を作ってくれたり、ダイエットも一緒にやってくれたのです。本音を言うと、彼は、７２歳の老人ではありましたが、男性です。もしかしたらという心配はありましたが、一切男女の関係はありませんでした。これがちょうどフランスへ行く前です。それに反して、好きだった語学学校の先生にも車の事故のことを話したら、反応が薄く、『ああ彼は本気で私のことを愛していないんだ』と直感したんです。

　プライベートキャンプを終えて、１週間後日本に帰国することになり、空港に来てくれた彼から手紙をもらいました。その時に、これは飛行機に乗ってから読んでほしいと言われたんです。飛行機に乗り、その手紙を読んでみると、愛の告白が書いてありました。やはり自分を女性として見ていたんだなあということがわかりました。このニュージーランドでの出来事が一番忘れられない思い出です。」

　このエピソードの後、彼女はこう受け加えた。「私は自分の直感を大切にします。確かに状況から不安を感じることはあっても出会いのチャンスをいつも逃したくないと思っているので覚悟はできているんです。そしてそれがフランスで花咲きました。」

　彼女はフランスでの暮らしで、必死でフランス語を学び、レストランに勤め、仕事終わりにシェフにワインをごちそうになり、フランス料理を堪能し、余暇にはゆったりと贅沢な時間を過ごすことができたと言っています。日本で若い女性ではとうていこのような贅沢な時間はすごせないだろう。（羨ましい）

（8）３つの夢

　最後に、これからの彼女の夢を聞いてみた。

　「私のこれからの夢は３つ。一つ目は、フランスと日本と２拠点の生活をすること。日本とフランスの架け橋になれるといい。二つ目はファスティングで１０００人のサポートをすること。それに関していろいろな事業もしてみたい。三つ目は、まずは、自分が幸せになり、みんなが幸せになっていくこと。人生は　Life is art.であることを実感していきていきたい。人生は一つの芸術作品だから。経験はその作品の一部。」最後にこう付けくわえた。「赤毛のアンの『青い城』」という話の中に『恐れはすべての原罪である』と言うセリフがあります。これは、自分で恐れというモンスターを作っているということなんです。「人生は実験」だからこそ、どんな**経験にも失敗はあり得ないのです。」**

（名言です）

　こうして彼女のインタビューを終えた。話の端々に哲学的な表現が垣間見える。確かに、いろいろな経験を得て、いま彼女は芸術品の輝きを放っている。「ゴーインにマイウェイ」とは世界に一つの芸術品づくりなのだ。

10　プロカメラマンであることに誇りを持つ男　まるや　ゆういち

　一目見るだけで、プロのカメラマンのオーラが出ている男が「まるや　ゆういち」だ。まるやさんと俺が知り合ったのは２０１７年だからもう６年前になる。勿論その時もすでにプロのカメラマンにはなっていたが、今持っている雰囲気とは段違いだ。今は、人を威圧するような存在感をもっている。俺もその雰囲気にのまれないように、こう切り出した。「まるやさん、マルちゃんって呼んでいいかな、このインタビューでも。」「いいですよ。」持ち前の人のよい笑顔が帰ってきた。実は、なんとか人の名前を馴れ馴れしく呼ぶことで心の均衡を保とうとしたのだ。それが少し成功した瞬間だった。
　そしてさっそくインタビューに入った。
　「それじゃあ、マルちゃん、さっそく仕事の内容とやりがいを教えてください。」彼の話は実によく整理されている、本人は理数系が苦手だと言っていたが、その考え方やまとめ方は実に合理的だ。彼はこう語る。
　「プロの写真家といっても、いろいろあって、タレント等の人物を撮る人、商品を撮る人、風景を撮る人などがいる。その８割が人物を撮る人だ。また、写真教室を経営している人もいる。先日僕は、キムタクと綾瀬さんと伊藤英明さんを撮った。渡辺健も撮ったよ。映画の中に出てくる人の写真を撮ってるんだ。まるで夢の世界だよね。僕は今、写真、カメラと出会いプロとして飯が食えるようになったのを実感してる。」彼の顔には充実感がにじみ出ている。
　「川村さん、プロの定義ってわかる。」「えっ・・うーん。」「それはね、写真を撮っているだけで飯を食っていけるってことだ。でも勘違いしないでね、プロでもね、写真を撮るのがうまくない人もいる、逆に、アマチュアでも写真を撮るのがうまい人もいるんだ。だから、プロのカメラマンはとりあえず、写真を撮ることで生活できている人ということになる。」「川村さんは英語を教えて飯を食ってる。だからプロの英語教師だ。」
　まるちゃんの話は本当にわかりやすく理路整然としている。マルちゃん

はこんな話もしてくれた。お腹がすいた時に、ミシュランの三ツ星レストランにいく人もいれば、牛丼屋や、立ち食い蕎麦屋に行く人もいる。ミシュランがいくら高くてうまいからと言って、必ず牛丼屋や立ち食いそば屋に行っている人も、そこに行こうと思っているとは限らない。

　つまり、彼が言うには、求めているものが違うと、人は違うところへ行くというのだ。思い切り納得である。サハラ砂漠の中で水が欲しい人がいくら砂漠の中に大きな金塊があったとしても、まずは、水を先に欲しがるはずだ。

　技術面で考えても、手品師のコンテストがあって優勝したとしても、手品で一生飯が食えることとは別だ。それはオリンピック選手も同じ。引退後に仕事があるかないかは別の問題だ。つまりは技術だけがどの世界でもすべてではないということだ。彼はこう力説した。納得せざるを得ない。

　そして彼はこう続けた。「俺は別に写真家で一番を目指しているわけではない、そこそこいい写真も撮れるようになってきた。だから今は、子供たちが『写真家っていいなあ』と思ってもらえる写真家を育てたい。」
そう、彼は今写真家を育てる指導者を目指しているのだ。

　現在、マルヤ写真教室では老若男女３７人が、プロの写真家を目指して努力している。そこで俺は気が付いた。このオーラの出どころは写真家としてのオーラだけでなく人を導いていく教育者のオーラがプラスされているのだと。

　では、「まるやゆういちヒストリー」に話を移す。

　彼は、高校の時点では、将来どうなりたいとか、夢とか目標とかは特になかった。そこでとりあえず高校卒業後は、洋服に興味があったので洋服屋に勤めた。しかし、そこを辞め家業に戻り今度は父親の仕事の手伝いをやり始めた。大工（工務店）である。そしてその大工時代に、運命的な写真と巡り合うのである。

　彼の大工時代の給料は２０代前半でもう３０万近くの手取りがあった。だから金銭的には不満はなかったが、５０代になってもこの仕事を続けたいとは思っていなかった。

　彼は２０代で結婚してタヒチに新婚旅行へ出かけた。その時記念写真を

撮るためにカメラを買った。そして、初めて見るタヒチの美しい景色を写しているうちに写真やカメラのとりこになってしまったのだ。そして「プロのカメラマンになりたい。」という初めて強い野望をもったのだ。

　もちろん、写真やカメラについての知識や写真家とのツテもない。そこで彼はプロのカメラマンになる道を真剣に模索し始めるのである。

　まず彼はカメラや写真のことを知るために、毎日５時に仕事が終わるとカメラの量販店に行き、カメラのカタログや写真についての本を、片っ端から読み漁った。この生活がほぼ毎日３年間続いたという。これには俺も驚いた。好きという気持ちがこれほどまでに人を動かすのだ。

　そんな時、彼はこういうことを思い立った。自分の結婚式で司会をしてくれた人に、結婚式の写真を撮りたいと手紙を書き、仕事をもらうこと。「自分は、今大工だが、その仕事を辞め本気でプロのカメラマンになりたい。」という熱い思いを、切々と手紙にしたためたのだ。

　彼は、半信半疑のまま、しばらくその返事を待った。そしてついに、そのまっすぐな思いは伝わった。結婚式での写真の口を紹介してくれたのだ。彼は嬉しくてたまらなかったという。写真家としての初仕事は撮影費として５万円をいただいた。費用が現像料・写真資料等で３万円。差し引き２万円の利益だったがついに写真で稼げるようになったという嬉しさがあった。そして何よりも、結婚式をあげた新郎新婦がその写真を喜んでくれたことが嬉しかったのだ。いよいよ、まるやゆういちは、ここから本格的に写真家の道を歩み始める。

　次のステップとして、彼は、結婚式の写真を撮っている会社に履歴書を送り、見事に採用された。いよいよプロのカメラマンの集団の中に入っていくのである。しかし、周りの先輩から学べば学ぶほど、写真に対する自分の知識の無さや未熟さが痛いほど分かるようになり、彼は２００３年もう一度写真を一から学ぶべく写真の学校に入学するのだ。

　そして学校卒業後、いよいよ写真専門の会社に入社するのである。彼は興奮した。いよいよ自分もプロのカメラマンの仲間入りだからだ。最初のカメラマンとしての仕事は綾小路きみまろさんの写真撮影だったという。７年かの在勤期間の間に、普通では会えない人に会えたり、何回も失敗し

たり、大切な体験もし、生きている実感を感じていたという。

　しかし、ここでもまだ彼の向上心は、更なるステップアップをめざした。この会社で写真家の大御所「寺内雅人」さんに師事したのだ。これも彼の人生においての大きなプラスである。

　しかし、マルちゃんは、だんだんとこの会社勤めの生活に不満を持ち始めた。なぜなら、会社にいる以上、写真を撮る以外にも仕事がある。撮影が終わっても会社に帰りそのあとの仕事があるのだ。『俺は、自由に俺の写真を撮るだけの仕事がしたい』そこから彼は、独立の道を模索し始める。

　そして２０１１年、いよいよ彼は会社を転職して、フリーランスのカメラマンとなるのである。翌年から小さな仕事からコツコツとこなし、２０１６、１７年あたりから頭角を出し始めるのである。

　ここで、カメラマンとしての写真を撮り始めたころのエピソードを１つ。

　今から２０年くらい前、新宿の地下通路でロンドンから来たストリートミュージシャンが路上ライブをしていた。その男が気になったマルちゃんは、その彼に勇気を出して、『写真を撮ってもいいですか』と身振り手振りと片言の英語で真剣に伝えた。何とかその真意も通じ、写真を撮らせてもらうことができた。後日マルちゃんはそれを現像して、小さなアルバムを作り彼にプレゼントした。彼は、心から喜んでくれた。そう写真は映像と共に心も贈れるのだ。その笑顔に仕事のやりがいと喜びを感じたのだ。

　そして２０１７年、マルちゃんも俺も加藤学さんが運営していたエクスプローラーズクラブに参加していた。そのクラブが主催するイベントで俺はマルちゃんに出会った。かなり個性的な人たちが集まっていた。クラブに所属中に、彼は経営手腕が卓越していた加藤学さんからも多くを学んだという。俺もかなり貴重な経験をさせてもらった。

　この頃から、マルちゃんの仕事は右肩あがりで、有名人の写真撮影のオファーが殺到するようになる。番宣のためだ。さらにはプロモーションの撮影もあったという。

　ここでマルちゃんがボソッと語った。「今は、結果をすぐに出そうとする人が多すぎる。じっくりと腰を据えてこそ本物になる。インスタントはインスタントでしかないんだ。」実に深みのある言葉だ。声優を目指している

俺も少し耳が痛い。俺が「随分と下積み時代は大変だったね。」と言うと、「自分は写真の仕事が好き過ぎて、下積みを下積みと感じてない。」と言い切った。これはもうかなわない、脱帽である。

　いつも、インタビューをしていると感じることだが、インタビューが進むほど、その人がどんな人がもっと知りたくなる。そこで「仕事の内容ややりがいはわかった。じゃあ次にマルちゃんの学生時代はどうだったの。」と質問を続けた

　小学校時代はとにかく雑学が好きだったという。小学校低学年の時先生が「日本の首都はどこ？」の発問に対して誰も答えられないのが信じられなかったという。だからといって本来の勉強というものはあまりしなかったらしい。だから成績も可もなく不可もなくだったようだ。部活も卓球部に所属していた。普通の生徒だったという。しかし思春期に入り、美しいものや本の世界、そして知的好奇心は外国へと広がっていく。『兼高薫の世界の旅』というテレビ番組を見てよりその思いは強くなったようだ。

　高校選びは、進学校は難しいし、不良が行くようなところは行きたくないという思いから工業高校へ進んだ。しかし勉強の嫌いなまるや青年は、実力テストで、いきなり学年内で一番ビリをくらってしまう。国語、社会、英語は辛うじてまあまあだったが、理科、数学がひどかったとある。

　そこで、ああ人の脳には文型と理系があるんだと理解したという。そして自分が理数が不得意でありながら工業高校へ来てしまったことを後悔した。しかしこの気付きこそが次のステップにつながったのである。つまり工業系の会社にはいかず、美を大切にする「洋服屋」に就職するのである。東京の洋服屋の店長を自分の学校の先輩がやっていることを知り、その東京の洋服屋にオファーを出して、見事就職を勝ち取る。卒業式の日、苦手で赤点ばかりとっていた数学の先生から手を握られ「頑張ってね」と言われたことが、何とも言えず印象に残っているという。

　東京での洋服屋の４年間は愉しかったという、１８歳から２２歳である。３年目にはなんと店長となり、喜んでいることもつかの間、社内恋愛禁止の掟をやぶったため倉庫に左遷、それでも不屈の闘志で、通販で頑張り、再び店長へ。まるでドラマのような展開だ。しかし、世の中の不景気のあ

おりを受け、会社がうまく回らす実家に帰ることになる。帰郷後、父親から「おまえ、暇なら大工の仕事を手伝え。」と言われて、しぶしぶ大工の仕事に携わったのだという。しかし、そこから再びまるや青年は、自分の夢を見つけ、不死鳥のごとく自分の夢であるプロの写真家になるである。

やはり、俺が見つけた地上の星たちは、人とは違う人生を歩む、まさに「ゴーイン（強引）にマイウェイ」なのだ。（笑）

最後に、今後の抱負を聞いてみた。
「これから俺がやりたいことは、俺を信頼してくれている生徒を育てる事。つまり、プロの写真家の育成だ。」

さらにこう続けた。「人間には、哲学が必要だ。生きていく上での指針だ。その人の在り方が大切。俺はこういう人間である。俺は成功している自分である。だからこれから先も成功する。成功したいではなく成功であるという人生を歩む。俺は今幸せだよ。」まさにそう確信しているという満足の笑みを浮かべた。

これからもそのかっこいい「生きざま」のまま生き抜いてくれ。

プロの写真家「まるや　ゆういち」　応援してる！

11 英語教育のイノベーター　安河内哲也

　初めて、安河内先生を見たのは、もちろんテレビだった。林修先生と共に、東進ハイスクールを大躍進させた看板先生の一人である。その当時はどちらかと言えば、林先生のように芸能人に近い人だと思っていた。人当たりもよく、話術巧みで明るく元気な先生、そういうイメージを持っているのは俺だけではないだろう。

　だが、このイメージはインタビューをしていく中で、見事に崩れ落ちていった。彼は、一本筋の通った教育者であり、この日本の英語教育を変革していこうというイノベーター（革新者）なのだ。自分の信念を曲げず、突き進んでいく漢なのである。久しぶりに同志に会った心地よさがあった。

　ただ、インタビューに関しては、まったくもって申し訳ないことをした。俺の喉の調子が最悪で、もっと内容を深堀りする質問をしようと思っても、ひどいダミ声で、どうしても声を発するのをためらったのだ。しかし、彼の機智あるそして、中身の濃い話の内容がそれを見事にカバーしてくれた。

　では、さっそくインタビューの内容に入ろう。

　「安河内先生、お忙しい中ありがとうございます。それではさっそく今の仕事の内容とやりがいをお話しください。」すると彼の顔から笑顔が消え、真剣な表情で話し始めた。「僕の仕事は大きく言って３つあるんだ。一つ目は大学を卒業して２２歳で入った東進ハイスクールの仕事。二つ目は教育コンテンツを作る仕事。実は２０代で僕は起業したんだけど、それが教育コンテンツを作る株式会社なんだ。三つ目は本を書く仕事だ。高校の参考書や自己啓発本を書いたりする。これは完全に個人の仕事さ。もう１００冊以上書いてるんだ。まあ、売り上げはトントンかもしれないが、たまにバカ売れするときがあり、たまにベストセラー作家と言われることもある。

　他に公的機関や学校の研修や講演を頼まれることもある。だから、僕は、財団を設立して、仕事を分けることにした。純粋なビジネスと、公的なものと。そうじゃないとすべてがゴチャゴチャになるからね。そうクリーンに仕事をしたかった。」何と話がすっきりして分かりやすいことか。話し方

にきちんとした筋道がある。もしかするとこれは英語教育における論理的思考と関係があるかもしれないと思った。さらに話が続く。

　「実は、日本の大学の入試を変えていこうとした時期があったよね。あの時、縁あって文部科学大臣から指名が来たんだ。審議会の委員としての仕事の依頼だ。」今でもはっきりと覚えている、日本にも本格的にスピーキングテストが導入されて、日本の英語教育がいよいよ変わるんだと胸を躍らせていた頃だ。「僕の株式会社「ティーシーシー」は４人でやってるんだ。僕と妻と娘とマネージャー。だから和気あいあいとやってる。個人の仕事では、英語の参考書、ビジネス書、教科書を書く仕事だ。もう一つは財団法人の仕事。文科省や東京都の仕事を経て、今は個別の高校の教育顧問や高校・大学での講演が中心。オリンピックの前は、東京都の通訳の研修も担当した。」何という忙しさだ。俺は少し心配になりストレスはたまらないのかと聞いてみた。すると「僕はストレスがたまるような仕事はしないんだ。好きな仕事をする。確かにほとんどこの２，３か月は休みないけど、まあ午前休みだったり、午後休みだったりしてコントロールしてる。もちろんたまには、映画やバイクを楽しんでる。だって、教える側にはストレスコントロールが必要だよね。」彼は、すごいことを本当に簡単に言ってのける人だ。「ストレスをためない秘訣はね、①めんどうくさい人とは付き合わない。②皆と協力して一つのことを成し遂げる③生徒を教える場合、もし生徒や保護者との相性が合わなくても、短くて１年、長くても３年たてばそれで終わると思って割り切ってやる。この３つだ。」もう、お見事というしかない。だが俺を含めて凡人にはなかなかこれができない。

　続いて、彼の話はここ３年のコロナ禍での教育に移った。「ここ３年コロナに苦しめられているが、いいこともあった。それがＤＸが早く進んだことだ。」（ＤＸとは Digital Transformation のことを言う。具体的には、AI、IoT、RPA、ビッグデータといった様々なデジタル技術を活用することで、業務フローを改善したり、新しいビジネスモデルを作り出すこと）こういうことをスッと言ってのける彼はかっこいい。「ＤＸのおかげで時間の自由度が大きくなった。ライブではなくタイムラグがあっても授業が受けられる。このシステムに東進ハイスクールは早くから取り組んでいたんだ。そ

う授業を映像化することで、いつでも授業を受けることができる。その数々の授業をライブラリー化して、生徒はいつも受けたい授業を受けるんだ。今では英語の音声をダウンロードしたり、テストだって受けられる。これが他の所でもできるようになると、今までは教室にいる４０人多くても１００人くらいしか受けられない授業が３０００人とか１万人とかが受けることができるんだ。これからはメディアを使った教育の時代だ。ただね、一つ問題がある。それは、授業をする先生の現場の経験が短いと、どれだけ間をとったり、どんな質問を投げかけたらいいとかなどのうまい授業ができないことだ。つまり、映像での授業の質の問題だね。例えば、このシステムが大学に導入された時、大学の先生の授業に対しての改善要求がたくさん来たらしい。」もう、この分析力は見事としか言いようがない。俺の好奇心はもはや尊敬にかわっていた。この人は教育者として本物だ。メディアでただ活躍している英語教師じゃないんだということが痛いほどわかった。そして、彼は教育の未来をこう語った。

　「この DX がもっと進むとパラダイムシフトが起こる。劇的変化のことだ。AI の時代がくると、『学力＝知識』の時代が完全に終わる。例えば、細かい王朝の名前や王様の名前、年号などを暗記することよりも、思考力の方が重要になる。細かい知識はビッグデータに格納され、誰もがアクセスできるからだ。だから知識は必要最低限に絞る必要がある。社会の例を挙げれば、中学校までの学習内容でいいと思う。そのかわり、日本史、世界史、公民、地理のすべて基本を学ぶのがよい。そして分野を横断して考える。文系と理系も横断する。たとえば日本史と世界地理と物理をつなげて考えるんだ。日本の場合、大学受験をするときに、日本史、世界史、政治経済に科目が分かれているので世界史を選択する人は、日本史や政治経済の基礎知識がほとんどないんだ。これからは様々な基礎知識とアクセスできる情報を駆使して議論したり、文章を書いたりすることが重要だと思う。「太平洋戦争を回避するために何ができたか」や「防衛費の増額と増税」「AI が人類史に与える影響」について議論してみたりするといいと思う。」

　もう、目からすべての鱗が取れた瞬間だった。今までおぼろげながらわかっていたことが、彼の説明で明白になった。思わず心の中で『そうだ、

その通りだ、安河内先生！』と叫んでいた。

　そして今度は現実の問題に目を移した。「しかし、まだまだ昭和懐古主義が残っていて、昔のやり方を踏襲しようとする傾向も根強い。でも僕たちは、これからの若者のために、教育手法を変える必要があると思う。変わらなければと思っている人から変えていこう。だから、僕はそういう風に考えている若い先生を助ける仕事をしたい。今は、日本には昔の勢いがない。生活の中にあふれる製品も、アメリカや中国のブランドが増えてきたし、海外ではもっとそうなってきている。昔のように革新的なものが日本から出てこなくなってる。だからこそ，面白いものを生み出せる人を育てるためには、知識の詰め込みでない教育内容が必要なんだ。だが、大学受験が、それを妨げる大きな壁になっている。いまだに暗記が中心の問題が多い。大学さえその気になれば、問題はいつでも変えられるのだから、トップダウンで思い切って入試を変えてほしい。」彼のイノベーターとしての何とかしたいという熱い気持ちがビンビン伝わってくる。「だから、僕は学校や自治体のミクロ単位で変えていく方法を考えている。変えることを決めた学校や自治体のお手伝いをする。そのために財団法人を作った。

　ところで、学校を具体的に変える方法だが、もちろん一人ではできない。だから若い先生を育てられる先生をその学校の中にリーダーとして置く。その先生の授業時間を減らし、残りは若い先生方の授業を指導したり、全体の授業用データを作ったりして、質の高い授業をすべての生徒たちに受けさせるんだ。だって、いくら教師の採用試験に受かったとしても、最初から見事に授業を実践したり、担任の仕事や部活の仕事をこなせるわけがない。僕はそれでつぶれていく若い先生をたくさん見てきた。」

　胸に刺さる言葉だ。今思うと俺の場合は、必ず先輩教師がいろいろと教えてくれた。困ったときには遠慮なく聞けた。今の若者は嫌がるかもしれないが毎週のように飲みに連れて行ってくれて、そこでいろいろ学んだ気がする。「僕はね、若い先生は、明るく元気で素直であればいいと思う。英語ができなくても、仕事ができなくてもいいんだ。学びの段階では変な型がついていない方が伸びるから。システムを整備して先生を育てばいいんだよ。だって、今は教師の仕事はブラック労働とか言われて、若い人材が

あまり集まらないんだから、この世界に来てくれた宝を、大切に育てるしかない。やる気のある若い人を育てるべきなんだよ。」

　もう、これを聞いて俺は嬉しくて仕方なかった。俺は平成１１年に「橋架村塾」という勉強会を立ち上げて若手の先生方を育て始めたからだ。教育こそこの国を変えていく鍵だと思ったからだ。これを聞いて俺の教師魂にもまた火が付いた。ここで、俺は話題を変えた。このまま何時間も彼の熱弁が続きそうだったので。(笑)

　「ところで、安河内先生、先生が学生の頃はどういう生徒だったんですか。」ふと気が付くと、安河内先生の顔が和らいだ。「僕はね、福岡の田舎の学校で育ったんだ。のんびりとね、ただ小学校高学年の時に、ローマ字やアルファベットを教えてくれる小さな塾があってそこで学んでいたんで、中学に入ってまあ教科書は読めた。英語以外の教科は３だったんだけど、英語だけは４だった。高校は、家から近い高校に行った。登山競技という部活にどっぷりつかり全国優勝したこともある。その代わり勉強はあまりしなかった。案の定現役では行きたい学校には合格しなかったので浪人することにして、翌年、東京の大学を受けた。さすがにこの時は勉強をして、慶応大学の文学部と上智大学の外国語学部に合格したんだけど、慶応の文学部は２年にならないと英文科に進学できるかどうかわからないので、最初から外国語が勉強できる上智大学に進学することにしたんだ。」

　(勉強してないとは言ってたけど、安河内先生は地頭いいじゃないですか)

「上智大学を選んで、僕はよかったと思っている。予備校ではできるほうだったが、大学ではほとんど底辺の方だった。特に女子は優秀で国連で働いている人とか、**JICA** 国際協力機構で働いているような卒業生がうじゃうじゃいた。そういえば歌手の早見優さんは、僕と同期。ただ９月入学だけどね。ここも上智は進んでいた。帰国子女や留学生をたくさん受け入れていたからね。翌年は西田ヒカルさんも入学してきた。そういう状況だから、みんな散歩感覚で外国へ行くんだ。驚いたよ。夏休みなんかはみんな海外に出かけてた。外国に行ったことがないと恥ずかしい感じだ。だから僕もアメリカで放浪したんだ。

　１年、２年と遊びまくってたんだけど、大学２年でアメリカに行ってか

ら僕は変わった。アメリカに行った時、とにかく英語はデタラメでもコミュニケーションができている外国人とたくさん出会った。そう、伝わることが大事で、正確な英語を話すことだけが全てじゃないって気がついた。だから、戻ってきてからは、勇気を出して、プレゼンもやりまくった。そうしたら成績が上がっていったんだよ。もちろん、それからは欲も出て、発音や英語の表現も勉強した。そして話すのが得意になったんだ。だから3，4年の時は成績が良かった。アメリカには2ヶ月半ほど、2回。韓国にも一ヶ月行ったんだ。」

　俺がインタビューしている人には共通して人生の転機がある。まさにここで今の安河内先生の土台ができたのだ。実は、俺も大学2年の時にオレゴン州立大学に留学したが、まさに同じような体験と次に彼が語る内容と同じことを思った。「アメリカに行って一番の収穫は、外から日本を見ることができたこと。日本に生活していると気が付かないことにいろいろ気が付いた。そして人権のことやナショナリズム、そして自分のアイデンティティについて深く考えるようになった。これはまさに自己変革だ。だから僕は大学で講義するときは、生徒に若い時に外国へ行けと言っている。」さらに、こうも続けた。「日本のメディアは世界のことをあまり語らない。CNNやBBCのトップニュースは全然ちがう。日本では日本のことにコンテンツが集中している。ナショナリズムが台頭しはじめるのは、国が衰退し始める時だと言われている。過去のイギリスしかり、ドイツしかり、国が自信を失いかけたときにそうなっている。子供たちや若者にこう教えていきたい。①自国の文化を知り説明できるようになろう。②ただし、自国の文化が他の文化より優れているわけではない、互いの文化尊重する気持ちを持とう。文化は対等だ。日本が邪馬台国の時代に、ヨーロッパでは、文明が進んだローマ帝国の時代だったんだ。日本の文明がとりたててすごいわけではないし、劣っているわけでもない。

　もちろん、日本は島国だから、独自の文化を持つ。でもそれは他国より優れているという意味ではない。自分だけが正しい、優れていると思うと差別思想につながりかねない。他の文化も尊重する気持ちが大切なんだ。そう、広い視野を持ち、討論やディベートを重ねて、相手の立場を考えた

り、物事をより深く考えたり、より良い解決策を考えたりすることが大切なんだ。これからは、機械翻訳の技術が発達して、ますます世界の人とやりとりをする機会が増える。だから互いの文化を尊重して接するようにしたい。欲をいえば、国際共通語の英語を使って、生の言葉でコミュニケーションをしてほしい。」俺はこれを聞いて、英語を教養の一つとして考える時代は終わったんだと確信した。中学時代に一生懸命単語を覚えたり、英文を一文読んでは、日本語に訳すあの時代は終わったんだ。

「僕は、文部科学省での仕事を通じて、日本の英語教育の実情を知り、その解決策を考えていって、こんな考えを持つに至った。だから、英語だけを深く追求するタイプの教授法ではなく、世界を俯瞰した教え方が重要だと思っている。」松本道弘先生が亡くなられた今、安河内先生がいてくれてよかったと思った。ここにも日本の将来を真剣に考えている先生がいたんだと心強く思う。俺も、負けずにできることをしようと心から思った。ここで、ふと時計をみるとなんと1時間以上もインタビューしていることに気が付いた。そこで、少し話題を変えて、今度は人間安河内哲也の部分を聞き出そうとした。

　「安河内先生、もっとお聞きしたいところなのですが、時間に限りありますので、最後に先生の失敗談や忘れられないことをお話し願えますか。」「あのね、大変なことはたくさんあったんだけど、忘れた。」（うわ、なんという展開、俺は慌てた。でも彼はこう続けてくれた。）「僕はね、楽しいことしか覚えていないんだよ。最近親しい人が亡くなっていくんだけど、実はぼくもね、盲腸癌になったことがある。だから、人間はいつか死ぬんだということを実感した。そうしたらね、もう失敗するとか、周りの人が自分をどう見てるかなんて関係なくなったんだよ。そんなことよりも、自分が命ある間に周りの人を助けたり、人生を楽しく生きる方が価値があるんだって思った。まだまだたくさんやりたいことがあるしね。例えば、ピラミッドを見るとか、タージマハールを見るとか、スカイダイビングをするとか、もちろん仕事は愉しい仕事だけして。そう、やりたいことをやるために、今はメッチャ働いてる。」

　『ミスター前向き』と言われたこの俺が、初めて負けたと思った瞬間だ

った。『失敗はみんな忘れた』これには到底かなわない。(少し悔しいよね)
　このまま、令和の英語教育の牽引者を独り占めしてはまずいと思い、参加者に質問がありますかと聞いてみた。するとこんな質問が出た。①幼い子供の英語教育は必要か②教員のディベート研修は必要か③生徒の「なぜ、英語を勉強しなくてはならなのか」の答えが欲しい。　この３つの質問にも、飾らず真正面から答えてくれた。」
　「①まず、幼い子供に親がレベルの高い英語を強要しない方がいい。英語を好きにさせるのはいいと思う。あまりに親が焦るとそれが子供に伝わる。ほどほどに。中学か高校で留学させる価値はある。若いうちに海外に出ると、日本の英語教育を批判的に見られるようになるから。②教師のディベート研修はやるべきだ。自分がやったことのないことは教えられないし、何よりも勉強になる。
最後の質問の答えだが、正直に言う。英語を勉強しなくても一生生きてはいけると思う。でも英語を勉強することで、人生の生き方の可能性が広がるのは確かだ。」

　安河内哲也と言う人間は、俺が考えていたより数倍器の大きい尊敬すべき先生だった。俺も彼に負けないように、好きなことを精いっぱいやって生きていきたいと思う。このインタビューができて、勉強になったと同時に、同志に会えた気持ちで胸が熱くもなった。
『安河内哲也先生、俺にも未来が見えてきました。ありがとうございます。』

12 オリジナリティを大切にするシンガー＆ソングライター　宮原芽映

　普通インタビューをする場合は、話す割合がゲストが8割、インタビューアーが2割くらいが普通なのだが、今回に限ってはゲスト6割、インタビューアー（つまり俺）が4割くらいになってしまった。そのせいで、インタビューの時間が1時間半をゆうに上回ることとなった。

　その理由を考えると、幼馴染と言う気軽さもあるのだが、それよりも彼女の持っているふんわりとして人の話を柔らかく包んでくれるその雰囲気にあるのだ。相手を尊重しつつ、自分の話をするのである。俺とは違い一切の自慢がない。自然体なのだ。もしかすると、宮原芽映は、天性のアサーション能力（相手を尊重したうえで、自己主張ができること）に長けているのかもしれない。

　幼馴染と言うこともあり、俺が彼女を昔のあだ名の『メーコ』と呼び、彼女は俺を「カムドン」と呼び合いながらインタビューは、和気あいあいと始まった。

　「では、さっそく、今の仕事の内容とやりがいを教えてもらえるかな。」

　「うん、私の仕事のメインは作詞です。いろいろなジャンルの作詞をするけど最近では、音楽劇の中に出てくる歌の作詞もする。」俺が「それは、ミュージカルと違うの？」と質問すると、「ミュージカルは音楽中心に歌と踊りで物語を演じていくけれど、音楽劇は芝居中心に音楽や歌を入れていく。たとえば、古典劇のセリフの長い所を歌にして、より楽しめるものにするの。」という。先日は「人形の家」という劇の中の歌を作ったそうだ。ただ最近は、CD で歌を出すのではなく、インターネットを使って配信をする人が多いので、仕事が減ったそうだ。ちなみに舘ひろしの『泣かないで』の作詞は彼女である。（初めてこれを知った時、この宮原芽映は俺の知っているメーコがどうかを一瞬疑った。）

　まず、簡単に彼女のアーティストとしての遍歴を語っておこう。

　高校で軽音楽部に入り、高2でロックバンドのヴォーカルとしてデビュ

一。数年で解散するも、作詞家としての才能を見いだされ、キティレコードの専属作詞家になる。当時のキティレコードには、小椋佳や井上陽水など売れっ子のアーティストがたくさん所属していた。専属作詞家は二人。もちろん一人は宮原芽映だが、もう一人は何とあの来生えつこさんだ。

　当時の彼女には、マネージャーも付き、曲が売れると印税も入り、それなりの生活をしていたそうだ。（メーコが羨ましい）

　キティレコードの専属作詞家になるにあたってはこんなエピソードがある。実は、キティレコードは、踊りのできる女優をさがしていた。彼女は幼少からバレエを習っているのを知り、白羽の矢がたったのだ。しかし、彼女が女優ではなく作詞がしたいとお願いすると、じゃあ、それでお願いしようと話が進んだ。信じられない話だが、当時はまだ、今と違い、間口の広い世界だったようだ。

　彼女の肩書は、今は、シンガー＆ソングライターだが、自分は作詞家として生きてきたと言っていたので、そこを聞いてみた。

　「なぜ、最初はシンガー＆ソングライターだったのに、作詞家になったの？俺、覚えてるよデビュー曲『じゃじゃ馬ならし』、俺レコード買ったよ。」

　「ありがとう、買ってくれたんだ。実は自分では歌があまりうまくないのはわかってたの。でも歌詞なら、うまいかどうかがわからないでしょう？それにユーミンの曲の詞を見て感動した。『ああ、私もああいう詞を書きたい。』って強く思ったの。だから作詞家になったのね。もちろん、最初は真似から入ったんだけど、いくら真似したとしても本人にはならいないからね（笑）、安心してどんどん吸収した。」「そうだよね、最初はみんな真似からだよね。でもさ、ずっと作詞していると、書く内容が枯渇してこないの？」

　「最近は、枯渇するほど仕事がこないのよ。だから大丈夫。もちろん、２０代の頃は書きまくってた。でね、だんだんと自分で書いた歌を歌いたくなったの。それでキティを辞めた。

　私はキティーを辞めた後は、ヴァーゴミュージックというプロダクションに所属したのね、それと同時にポリドールレコードから、私の歌を出したいっていうオファーが来たの。２５，６歳の頃かな。ヴァーゴミュージックって確かエポが所属していたところだったと思う。もう一つこの会社

が気に入った理由があるの。それは社長がフレンドリーで、しかも新しい音楽を創る事に夢を感じられる会社だったことかな。だからこの会社はそういうタイプの人がいっぱいいたので、居心地がよかったの。

　でもね、アルバムを作る時は、なぜアルバムを出したいのかとか、強い思いがあるのかとか、自分の考えはしっかりしていないと出せなかったの。こんなこともあったよ。キーワードを３つ決めて、それを詞の中に盛り込んでいくの。たとえば、『選択』とか『スペイン』とか、あともう一つは、『アザラシ』だったかな・・・。とにかく３つ入れるの。両親について書いたことあるんだけど、『失ったもの、守ったもの』をテーマに考えてね、『母は女優の道を捨てて、主婦へ、父は家庭よりも仕事やお酒』つまり選択ね。その時のタイトルが『ママに花束を、パパに口づけを』両親の人生への私からの賛歌かな。」この辺になってくると、やはりフレーズの選び方が作詞家だなあと感心した。若い世代が青春や恋を歌っている昨今、この手の詞は珍しい。そう感じていた矢先、彼女はこう語った。「私ね、人が書かないような世界を書きたいの。限りなくオリジナリティが光っているものが。絵も、歌も、詞も自分らしさが滲みでいているものがいい。」そういえば、歌のタイトルから彼女らしさが漂っているものが多い。『チョコレート・ドリーム』『「人魚姫はなぜ、人間になりたかったか』『唇からショットガン』などなど。「でも、今は作詞もするけど、ライブが愉しい。私にとってアーティストとしての原点は高校の時の軽音楽部だから。高校までは学校があまり楽しくなかった。それに活躍する場が学校の外が多かったから。クラシックバレエや劇団の練習や公演で、どちらかと言うと大人の中にいたからね。」多分、彼女は大人の世界の中で我慢をしていたのかもしれない。そして高校で思い切り自分を出せる場を見つけたんだと思う。だからこそオリジナルを大切にしているんだと感じた。

　彼女が一番華やいでいた時代は、高校から２０代にかけてだ。高２からデビューして高３では芸能界デビューしてライブに出ていた。本栖湖ロックフェスティバルや、俳優座ロックフェスティバル、内田裕也ロックフェスティバルなどなど、数え出したらきりがない。年配のコスモファクトリーがバックバンドについたこともあるという。それと並行して作詞をし、

いろいろな人に曲を提供している。例えば、桜田淳子、フランク永井、レベッカ、舘ひろし、小椋佳、なんとジャッキー・チェンにも。

　それが、突然、扱う曲がフォークになっていく。成り行きはこうだ。「ロックバリバリのロックの人たちがいて、その中の丹波さんが、突然、フォーク面白そうだし、PPMやろうと言い出したの。私は驚いた。だって丹波さんて、ジョー山中や矢沢永吉のバックバンドやってた人だよ。」

　俺は、一瞬耳を疑った。矢沢永吉と言えば、今でも有名なロックスターだ。そのバックをやっていた人がフォークの世界では知る人ぞ知る PPM（ピーター、ポール、アンドマリーの略）をやろうというからだ。「でね、みんな面白がってやることになったの。」

　俺はここで、前から不思議に思っていることを質問した。「メーコは猫が昔から大好きでしょ。なのに、なんでバンド名が犬の名前の『シロ』なの？」

　「それはね、犬のシロじゃなくて、もう一度、真っ白なキャンバスに戻って音楽をやらないかという意味なの。つまり、色の白なのよ。それにシロは呼びやすいし、親しみやすい響きがある。」なるほどと納得していると、こう続けた。「シロは１３年前に結成して、初めはビードルズのナンバーもやってたんだけど、今は自分らしい歌を歌ってる。ロックをやってた頃は、無理にシャウトしたりして歌ってた。テクノっぽい歌を歌ってた頃もあったよ。でも、それは本当の自分じゃなかったことに気が付いたの。そして自分らしさを意識しながら活動するようになった。今が一番楽しいかな。アルバムが売れる、売れないもあるから、少し申し訳ないと思うこともあるけど。今は、やりたいことやってるから最高に愉しい、もちろん、今でも売れて一攫千金も狙ってるけどね（笑）。そうだ、カムドン、ルパン三世のパート３の歌知ってる？あれ私が書いたんだよ。」「えっ、ウソ、マジか、知らんかった、凄い。メーコすごいね。」　俺はどうも、矢沢永吉といいルパンといい有名な人に弱い（笑）

「でも、今は楽しいと言ってるけど、お母さんの介護大変なんじゃないの。」「うん、そうだね。むしろ今は、そっちがメインかもしれない。介護は奥が深いよ。最初は父が大変で、そのあと母の認知症が始まり、余計大変になった。でもね、今の時代は、周りがその大変さを理解してくれてるから、

助かってる。親と面と向かっていると、ふわふわした気持ちが吹き飛び現実に足をつけていられる。それに今の母は認知症と言っても、一応私が言っていることは理解してくれてる。ご飯できたよと言えば、来てくれるし、もちろん煩わしいと感じるときもあるけど。やっぱり愛おしいんだよね。」

「そうか、優しいね，メーコは。」と言うと照れていた。彼女は、聞き上手だ、だからお母さんも安心するのだろう。俺も図に乗って自分の父や母の介護の話をした。それを聞いた彼女は「大変だったね、カムドン。」と少し悲しげでそれでいて優しい笑顔で話を聞いてくれていた。

「もちろん、大変なときはあったけど、私の場合は、看護師さんもヘルパーさんもいい人だったし、大変なときは兄も来てくれた。今の母は、認知症が進んでいるから、私が仕事をしていると、私に『お母さん、どこに行ってたの。』って言うから『あのね、お母さんはあなたですよ。』って言うの（苦笑）。それに通帳を隠したり、父が生きている頃は、私が父の世話をしていると、嫉妬するの。でも父が亡くなってからは、母はかわいくなったかな。精神的には落ち着いてるから。」

　これを聞いていて、アーティスト宮原芽映ではなく、一人の人間としての宮原芽映の一面に触れた気がした。俺は少し話題を戻した。

　「じゃあ、こういう生活も曲作りに影響してくるかな。」「もちろん、自分の体験は曲作りに生きてくる。人間はこんなものだとか、こう感じるとか。そして自分の引き出しが増えていく。そうだ、わたし料理もできるようになった。若い頃はもちろんのこと、大人になってからも彼氏がいて、一緒に生活してた頃は彼氏が料理作ってたから。一切お料理してないの。でも今は料理が愉しくなってきてる。だって料理も作品だからね。」そうか、あくまでもメーコの本質はアーティストなのだ。俺は調子にのって自分がなぜ先生になったのかを話したら、うんうんと頷きながら聞いてくれた。彼女と話しているとなんて心地いいんだろうと俺の心がいっている。「カムドンは先生に合ってるよ。だって、昔から熱い人だった。」そこから話題が先生に移った。「私は、高校の頃あんまり真面目に学校行ってなかったけど、結構先生方に気をかけてもらっていたの。卒業してからね、ある時担任だった先生がライブに来てくれた。だからライブ中にお客さんに向かって『今

日は、私の元担任が来てくれています！』って叫んだの。そしたらね、その先生が、何のためらいもなく立ち上がって、「生徒がいつも世話になっています。」だって。こっちが驚いた。だけど、先生は授業で毎日ライブしているようなものだものね。度胸あるんだね。」（大笑い）「そうだ、私、学校で思い出したけど、合唱曲も１つ作ってるんだよ。山本直純さんの息子である山本純ノ介さんと一緒に。それでね、ある時、高校生からメールが来たんだ。『この歌は、どんな風な思いで書いたんですか』って。つまり、より忠実に歌のテーマを歌おうと思ったんだね。こんな風に人とつながると嬉しいよね。可愛い中学生からも問い合わせ来たよ。思うんだけど、やっぱり、先生方が若いのは、生徒とエネルギーの交換してるからだよね。歌うにもエネルギーがいる。表現することは伝えたいという思いが強くないとだめだもの。」ここでも、俺は偉そうにこんなことを言ってみた。「表現するのは奥が深いよね。『好き』を『好き』と書いてしまうと、その思いの強さが伝わらないよね。『好き』と書かずに『好き』を表現しないと。」
「うん、その通りだと思う。どれくらい好きかを表現するのも大切なの。『釣り人の真実』と言う話があるの。釣り人は、しばらく魚がれてないと、やっと連れた小さな魚も、ある程度大きな魚が釣れたように表現するのよ。もちろん大げさすぎるのはだめだけど、自分の嬉しい気持ちを表現するのにちょうどいい大きさの魚の表現するのよ。」「そうか、つまり自分にぴったりの言葉を探すということだね」ここでも俺は、よせばいいのに、大学時代に自分が言いたいことを表す語彙が足りなかったので、いろいろな文学史にでてくるような小説家の本を読みまくった話をしてしまった。どうしても彼女といると自分のことを話したくて仕方なくなってしまうのだ。実はこれこそが本当の話上手の人の条件なのだ。

　俺は、自分の出過ぎた態度に気づき、話題をメーコにもどした。「メーコはさ、今こそシンガーソングライターでまさに芸能人だけど、学生の頃はどうだった？もう少し聞かせくれるかな。さっきの話からすると、小・中学校では、おとなしくて優等生だったかな。学級委員やってた？」「うん、学級委員やってたよ。私ね、最初北海道にいたんだけど、小学校２年生で神経性胃炎になったことがある。それで、バリウム飲んでレントゲンを撮

82

った。多分、今考えると我慢してストレスがたまっていたんだと思う。いい子でいなくちゃみたいな考え方あったから。小学校３年生になって東京の渋谷に来たの。父の転勤の関係でね。広尾小学校に通ってたんだけど、その時は学校より、クラシックバレエや劇団の稽古や舞台が忙しかったから、学校はオマケかな。この時のクラシックバレエの先生がかっこよくてね。口は悪いんだけど、子供が大好きでね、私は先生に憧れてた。『バレエやるなら、大学だって別にいかなくていいのよ。』って言うの。それで、それから生きるのが少し楽になった。そして小学校３年から中学３年までバレエを続けたのよ。

　中学では忙しかったから部活もやってない。しいてあげれば、連合陸上の大会がある時だけ、陸上部の練習してた。陸上部の先輩に好きな人もいたんだけど、中３と中１じゃあ相手にされなかったな。そういえばカムドン、安齋先生って知ってる？」「おう、よく知ってる、安齋先生は、俺の中学３年間担任だったから。」「そうなんだ。私が中１の時、兄のユウちゃんのことをよく覚えてて、『宮原さん、君は裕司君の妹さんだよね』とよく声をかけてくれてた。ある時、安齋先生が帰る私に声をかけてきた。そのころ私は家が横浜で、安齋先生の家が菊名だったからだと思う。この二つの駅は、両方とも東急東横線の駅なのね。『宮原、すまんが、奥さんの誕生日のプレゼントを買うのでプレゼントを選ぶの手伝ってくれないか。』と言ってきたのよ。それでね、渋谷の東横デパートですごく香りのいい石鹸を買ったの。そしたら、お礼に私にも石鹸かってくれたんだ。」「マジか、俺今でも安齋先生と年賀状のやり取りしてるから、伝えておくよ。」「本当、ありがとう。それでね、ただ学校生活にはあまり執着はなく、中３になり、受験生となってね。本番の都立の入学試験の練習のためにお茶の水女子大の付属を受けたの。」「ええ～、国立じゃん、都立より難しい。」「うん、都立は受かる自信があったから、とりあえず練習で受けたの、落ちたけど。だってさ、簡単なところ受けて落ちるよりいいカッコつくじゃない。」俺は一瞬、彼女のイメージがくずれかけた。そんな大胆なところがあるのかと。「でね、都立はお兄ちゃんを見てたから、かなり自由だと思ってた。だから、高校生になってからは、かなり好きな格好して学校に行ったら、よく

先生に怒られた。『宮原、何だ、その髪型は。』とか『お前、そんな恰好で学校来ていいと思ってんのか。』とかね。（おい、おい　苦笑）

　でも、そんな学校生活に潤いを与えてくれたのが軽音楽部だった。自分の居場所が見つかったの。軽音楽部に入らなかったら、絵の道に行ったかもしれない。精神的に楽で、心から愉しいと思えるものに出会えたのよ。」少し、彼女の顔が真顔になってこう続けた。「私ね、本当に好きじゃないとエネルギーは続かないと思う。もちろん、作品を作ってて、迷うことはあるけど、最後まで頑張って形にできたとき本当に嬉しい。だから、いつも若い人たちに『好きであることが一番、そして自分らしさ、オリジナリティを持って。』と言ってる。誰だって不安で逃げたいときはあるものね。私の仲間は本当に音楽が大好きで、大好きでたまらない人たちなの。私も同じ。今は、大好きなことをやっている自分が一番大好き。」「つまり、一番好きなことをしている自分が好きなんだね。」「うん、そうだね、きっと。そういえば父親はチヤホヤされるのが好きだった。だから私もチヤホヤされたくてロックやってたかも。(笑)」「多分、俺たちは、研究者じゃなくて、表現者なんだよ。そういう意味では声は大切だよね。」「わたしも、そう思う。父を看病している時ね、若いヘルパーさんがいて、いい人なんだけど、耳障りの声の人なの。父はそれが気にくわなかったみたい。それに対して、年配のぽっちゃりしたおばちゃんなんだけど、声が優しいの、その人の方を父は気に入っていたわ。」「俺は、声優目指してるからよくわかるよ。声はバイブレーションだから人に影響する。やばい、もう１時間半を過ぎてる。俺が話し過ぎてるからだ」（彼女は笑顔。メーコは本当に人に寛大だ）

　「じゃあ、最後にこれからやってみたいことを教えて。」
「最近、母親を世話していて、感じているんだけど。人生の一片を切り取って芝居を書いてみたい。何年先かわからないけどね。そういえば、カムドンは矢沢永吉すごい人だと言ってるけど、こんなことがあったよ。矢沢永吉のバックバンドをやっていた丹波さんと大分県での仕事が終わった後一緒に呑みに行ったの。そこの店の大将が「俺様風」の男で、うざそうだから少し気が引けたんだけど、そこで飲み始めたのよ。そこで丹波さんが矢沢永吉の話をしていると、しばらくして、大将が料理を一皿もってきて

84

『これ、どうぞ。』って。どうやら矢沢永吉のファンだったらしいわ。凄い
よね、永ちゃんの影響力。」「そうかあ、永ちゃんのファンかぁ。だいたい
さ、永ちゃんの男のファンはさ、みんな永ちゃんになるんだよね。真似す
る人たくさんいる。やっぱり好きが一番だね。さてと、もうこんな時間だ。
長い時間のインタビューつきあってくれて、ありがとう。そうだ今度丹波
さんも入れて一緒に呑もうね。愉しかったよ。ありがとう」「こちらこそ、
ありがとうございました。」

　なんと、インタビューが2時間近くにもなってしまった。それなのに、
メーコは終始笑顔だった。まさに『優しく、それでいて芯の強いシンガー
＆ソングライター』それが宮原芽映というアーティストなのだ。

13　自分の信念を貫く英語教育界のガンジー　中嶋洋一

人には会った瞬間に感じる「第一印象」というものがあるが、中嶋洋一先生程、教師の強いオーラを感じさせる人を俺は知らない。そのオーラの根本は彼の強い信念にあると俺は思う。そして、その信念とは『自律的学習者の育成』、その一語に尽きる。その信念の強さから、彼は、まさに英語教育界のガンジーと言っても過言ではない。しかし、彼の話を聞いているうちに、ガンジーのような中嶋洋一も一朝一夕でできたものではなく、努力をして築き上げられたものであることが実感できた。

　令和5年3月16日、彼へのインタビューは、彼自身が用意したパワーポイントでのプレゼンテーションで始まった。そこには彼の数々のエピソードや苦労や感動の種がつまっていた。しかし、それはあくまでも「序章」であり、目次に過ぎない。詳細は書かれていない。つまり、自分が言いたいことを押し付けず、聞き手にアウトラインを知ってもらい、その後で参加者が関心を持ったことをより詳しく伝えようという試みだ。そのどれもが思わず「えっ？それって何？」と知りたくなるように演出されていた。

　「そう来たか！」常に、彼は俺の一歩先を行っている。早速、当日のインタビューを再現してみたい。（今回は中嶋先生の独白風に書きました）

　（中嶋）世の中には、2種類の人間がいると言われています。River people（目の前の川だけを見ている人間）と Goal people（常にゴールを意識している人間）です。前者は今のことで精一杯、目の前のことしか見ていないタイプです。だから、終わった後に後悔の念や負の感情を持つことが多くなります。一方、後者は、たとえどんな結果になろうとも、「教訓」として前向きにとらえ、前に進もうとします。実は、人生で成功している人たちは、ほとんどが、この後者の人間なんだそうです。

　私は、生まれてくるときに仮死状態で生まれ、心臓に注射をして生き返りました。弟も同じような出生でしたが、彼の方は茶毘にふされました。

（川村の感想：壮絶な出生で、心がギュと縮む思いがした。ここを言葉で語ってしまうと感情が入ってしまう。彼はそれを避け、あえて文字にした）

　実は、私は、若い頃は典型的な River people でした。目先のことばかり考え、さらに失敗したくないからと、ずっと待ちの姿勢でした。そんな私に転機が訪れたのは、小学校 5 年生の時です。ビートルズが日本にやってきたことがきっかけでした。そこから、私と洋楽の付き合いが始まりました。生まれて初めて買ったレコードがビートルズの Hey Jude（オデオンの赤いドーナッツ盤）。それを皮切りに、自分のお小遣いはすべて洋楽のレコードに消えました。レコードを擦り切れるほど何度も聞くうちに、そのまま真似て口ずさむようになり、歌詞カードがなくても、聞き取れるようになりました。時間があればレコードを聞く、新しい曲を知ってはお金を貯めて、LP を買いに自転車で 1 時間もかけてレコード店に向かう。まさに洋楽オタクでした。しかし、洋楽にハマったことで、『もっと、こうなりたい。だから、こうしたい』と考えられるようになっていたのです。それは、中学入学後も続きます。最初、父親の強い勧めで野球部に入部したのですが、雰囲気に馴染めず、すぐに剣道部に入り直しました。先輩はとても厳しい方ばかりでしたが、瞬く間に剣の魅力に取りつかれ、部活動にのめりこみました。出ばな面、出ばな小手、引き面、抜き面、抜き胴、擦り上げ面、二段打ちなど、面白いほど技が決まるようになると、もっと上手になりたいとさらに練習に励むようになりました。やがて、チームは何度も地区大会で優勝し、県大会の常連にもなりました。剣道のおかげで、「間合い」の大切さ、相手の「心」を読むこと、そして「1 本！」となる打突のために「正中線（中心、真正面）をとる」ことを学びました。

　しかし、高校では中学校の先輩から誘われた剣道部には入部せず、演劇部に入りました。なぜなら、ミュージカル音楽に関心を持つようになり、映画が大好きになっていたからです。演技の魅力を知れば知るほど、演劇の世界にのめり込み、成績がどんどん下降して行きました。やがて、担任も呆れるほどどん底の状態になってしまいました。

　演劇の道に進みたかったのですが、両親から猛反対され、外国語の道を選択しました。しかし、スッキリしないまま受験勉強をしていたため、入りたかった大学は不合格となりました。滑り止めの大学に入学したものの、

なかなかやる気が起こらず、日々麻雀と読書（洋書）に明け暮れるようになりました。麻雀では、剣道や演劇で身につけた「相手の心を読む」ことが活かされ、勝つことが多くなっていきました。あれこれ考えることが楽しくなると、東大生の友人の誘いで競馬の予想もするようになり、中山や府中の競馬場に通い詰めました。

そして大学4年になり、就活が始まります。諦めきれない演劇の道に進もうか、それともそのまま英語の道に進もうかと悩みましたが、長男だったこともあり、英語の道に進むことにしました。当時、富山県は教員の採用が極端に少なく、埼玉県を受験、運よく合格し、英語教師になりました。

教師にはなったものの、初任校は人口流入地区にあり、荒れに荒れていました。毎日、いたずらで非常ベルが鳴らされ、校舎外に落ちているたばこの吸い殻の量はバケツ一杯になるほどでした。廊下では生徒が自転車レースをしていました。ある時、同学年の先生が心労から一斉に休みをとり、自分と学年主任だけしかいないという日もありました。

そんな中で、何とか彼らの気持ちを掴もうと取り組んだのが「怪談話」でした。ある時、彼らが怖い話が大好きだということを知り、怪談の本を数冊購入し、それから毎晩、音読（教材研究）の練習をしました。この時、演劇で学んだこと（語り部になりきること）が役に立ったのです。私の怪談話に驚いた彼らは、「授業に出てくれたら、もっとしてあげるよ。ただし、授業の最後ね。」という誘いに乗り、のこのこ教室にやってきます。

満を持して行った怪談話は、クラス中で「ひえーっ」「きゃーっ」という叫び声が響き渡りました。それに驚いた学年の教師たちが「何があった？」「どうした？！」と鬼のような形相で駆け込んできました。事情を知った同僚たちは、ホッとすると同時に「まったくもう、ややこしいことをしないでくれよ。」とブツブツ言いながら戻っていきました。

その後、やんちゃな生徒たちと仲良くなるうちに、彼らが洋楽に興味があることを知ります。その時、私の目がパッと輝きます。「これだっ」。探していたジグソーパズルの最後のピースが見つかった瞬間でした。

それから、授業の中に洋楽を取り入れ始めました。3年間で使う英語の歌のシラバス（年間指導計画）も作りました。やがて、英語の歌をみんな

で一緒に歌う喜びから、英語が好きになっていき、それに伴い、だんだん荒れも落ち着いていきました。

　30歳（当時の教員採用試験の年齢リミット）が近いてくると、地元富山の教員採用試験を受けるようになりました。しかし、仕事をしながら受験勉強をすることは難しく、3回続けて落ちてしまいました。中学校（英語）は、相変わらず「難関」（倍率が20倍）でした。

　最後の年に一縷の望みをかけて、小学校で受けることにしました。ただ、それには小学校の教員免許が必要です。そこで、急遽、小学校の教員免許を通信教育（玉川大学）で取ることにしました。課題図書を読み、レポートを書き、土日は試験を受けるために片道2時間かけて玉川大学に向かいました。中学3年の担任だったので、10時に帰宅し、食事をとり、3時には起きて勉強をしました。夏休みは、スクーリングで毎日満員電車に揺られて玉川まで通い続けました。あの時、5キロは痩せたと思います。人生で、あの時ほど勉強をしたことはありませんでした。

　翌年、C採用でなんとか採用され、小学校教員として富山に帰ります。早速、私は小学校6年生に英語の歌を教えました。すると私が教えた児童たちが、中学校に行ってから富山県でトップクラスの英語の成績をとったことから、中学校の校長先生や担任から、「いったい、小学校で何をしていたのか。」と聞かれました。この時、私は『好きにさえすれば、あとは動き出す』という人生最大の教訓を学ぶことになります。さらに、この小学校時代に、N先生と運命の出会いをします。彼から「授業のイロハ」を教わることになるのです。

　3年間、小学校の先生を勤めた後、今度は、JETプログラムが始まったこともあり、富山の中学校の採用試験を受けないまま、中学校に戻ることになります。その中学校もやはり荒れていて、教師を平気で殴る生徒たちがいたり、朝登校すると燃えた机が屋上から降ってきたり、生徒を注意すると金属バットで車がボコボコにされたりするようなことが起こりました。

　このままではいけないと危機感を感じ、私は、授業を魅力的にするのは、自分の教師としての資質をもっと上げなければならないと考え、教育関係の書籍を貪るように読み、全国での研修会に参加するようになりました。

そのうち、自分でも実践を発表することが多くなり、明治図書出版、研究社出版の編集者の方に声をかけられ、自分の実践を本にする機会を得ることができました。さらには、荒れた子どもたちから学んだ「内発的動機づけ」を図る指導やカナダのUvicで学んだ「グローバル教育」からヒントを得た指導（Focus on Form）をDVD（学研）で紹介したりしました。

　そうこうしているうち、同志と言える仲間、田尻悟郎氏、菅 正隆氏、蒔田 守氏、北原延晃氏、久保野雅史氏、高橋一幸氏、そして川村光一氏らと出会いました。私たちを結び付けたのは、共通して持っていた「利他の心」です。人生の歯車が大きく回り出したのは、彼らと出会ってからです。人生は、誰と出会い、その人と一緒に何ができるか。そして、それは「何のためか」という目的を忘れないことだということを学んだのです。それから、中嶋先生は静かに口を開かれた。「どこからでも結構です。もっと知りたいところ、深掘りしてみたい箇所をあげてください」（ここからは、インタビューの参加者からの質問と応答を川村が語ります。）

● 参加者「授業のイロハとは何だったのですか？」。

　中嶋先生によると、富山での小学校教師1年目は、児童たちをコントロールして落ち着いた授業をこなしていたが、2年目の学校訪問で、授業を参観したN指導主事から『こんなひどい授業は見たことがない』と酷評される。人前で大粒の悔し涙が流れたそうだ。全てが終了した後で、彼は校長室に呼ばれる。そこには校長先生と教務主任のK先生が待っていた。「中嶋先生、あんなことを言われて悔しくないかね。どうだい、要請訪問をして見返してやろうじゃないか。」「ぜひお願いします。」彼は即答した。早速、教務主任が教育委員会に連絡を取り、要請訪問をしてもらうことになった。

　中嶋先生が緊張しながら教育委員会に出向くと、応対されたN指導主事から衝撃的な事実を聞かされる。「待ってましたよ。実は、私の親友のKさんから、君を一人前の教師にしてくれないかと頼まれましてね。それで、今回のことを仕組ませていただいたんですよ」。優しい声だった。

　現在の忙しく、責任の所在をどこに持っていこうかと躍起になっている時代とはえらい違いだ。彼は、そのN指導主事から授業デザインだけでな

く、生徒の学習心理についても学んだと言う。その後、彼は、教師が教え込むのではなく、子どもたちが「知りたい」「やってみたい」という教材を開発し、児童が自ら追究する学習プロセスを探索していく。

　要請訪問の社会科の研究授業で、彼は、太閤検地と刀狩を取り上げた。だが、彼は児童にこう問いかけた。「この時代の農民は、太閤検地や刀狩をどう受けとめていたんだろうか。農民の生活はどうだったのだろう」。

　N 指導主事に教わった「子どもが自ら問題を発見し、解決を図る手法」である。彼は、単元の初めに、あらかじめ、その内容について予告してあった。また、調べる方法として、市の図書館の資料も紹介しておいた。さらに、どの班も同じことを調べるのではなく、班ごとに関心のあることを取り上げ、他の班に「これを伝えたい」という項目を用意しておいた。

　普通なら、豊臣秀吉の太閤検地や刀狩は、それ自体がいつ行われ、どういう内容なのかを勉強するものだが、それでは調べたことを発表して終わる授業になりがちだ。農民の暮らしについては、教科書にはあまり詳しく書かれていない。自然に、自分たちで資料を集め、考えなくてはならなくなる。つまり「子どもが主体的に学ぶ授業」となる。昭和 63 年、今から 35 年も前のことである。彼は、そこから、子どもたちにどう「内発的動機づけ」（intrinsic interest, intrinsic motivation）を図るかを研究し始める。それこそが、アクティブ・ラーニングの考え方。すでに、中嶋先生はそれに取り掛かっていたのだ。大切なのは、『自分から学ぶという生徒にするために、授業をどう仕組むか（自律的学習者の育成)』であり、メタ認知能力の育成なのである。

　やがて、彼は、子どもたちのコミュニケーション能力を高めるために、答えを言わない「ペア学習」、ソシオメトリック・テストによるペアリング（座席配置）、ジグソー学習、ポスターセッションなど、様々な仕掛けを授業の中に取り入れていく。余談になるが、この授業のイロハを教えてくれた N 指導主事は、その後に教育長、そして町長になられたそうだ。

● 参加者 :「英語の歌では、どんなことをされたのですか」
（中嶋) 皆さんは、日頃、どんな英語の歌の指導をしておられますか。（「空

欄を作り、英語の歌を聞いて答えを書かせています」と質問者が答えるのを聞いて、彼はこう言った。

（中嶋）私は、主に読みとりに使っています。下線を引いたところがどんな内容なのかを読み取る課題にしています。また、プロの訳詞家の訳を渡し、新しい言語材料が含まれた箇所を空欄にしておき、そこに日本語の意味を書いてもらいます。プロの訳詞家の訳に合うような文脈を考えることで、母語のセンスも磨かれるからです。何よりも、英語の歌は、意味を知ったうえで歌わなければ、直読直解ができません。ですから、全体の意味は最初に教えておきます。意味を知らないまま歌うのでは、英語の歌を使う意味がありません。

「英語の歌一つで、そこまで考えるのか」。オンラインで彼の話を聞きに集まった教師たちは言葉を失った。

彼の歌のレパートリーは多岐に及ぶ。モンキーズ、ビージーズ、ローリングストーンズ、カーペンターズ、マイケル・ジャクソン、ビリー・ジョエル等。いい歌に接した生徒たちは、どんどん英語の歌が好きなる。教師の仕事は、生徒を英語好きにすることなのだ。前述されたように、彼は3年間の英語の歌の年間指導計画を作っていた。つまり、授業での学習内容と関連付けているため、習ったことが無理なく頭に入っていくのである。

● 俺が質問した。「荒れた学校で工夫したことをもう少し教えてください」。

（中嶋）2番目に赴任した中学校も、荒れていました。学年が8クラスもあるマンモス校なので、本当にいろんな生徒がいたんです。中には、他校にバットやチェーンをもって殴り込みに行ったり、アンパン・パーティ（シンナーやトルエンをビニール袋や缶に入れてそれを吸ったりすること）をしてからそのまま、ふらふらしながら学校にやってきたりもしました。

そんな彼らでも、授業がわかりたいと思っていました。彼らが、心から望んだことは、英語を話すことでも、英文が書けるようになることでもありません。それは、教科書の音読です。「友だちが教科書を読んでいるときに、一緒に音読できないことが一番辛い」。そう彼らは言いました。「誰もが音読できるようにしてやりたい」そう考えると、居ても立ってもいられ

なくなりました。

　丁寧なチャンク（センス・グループ）指導とフォニックスの指導で、ようやく音読できるようになった彼らは、英語の歌も大きな声で歌えるようになり、英語の歌をリクエストするようにもなりました。

　また、ソシオメトリックテストを使って、ペアをお互いに選び合った相手にしました。ただし、学習差のあるペアです。得意な子と苦手な子がペアになって活動をするのです。ただし、答えは一切言わず、得意な生徒がヒントを与えるというルールです。ポイントを知らずに、漠然と英語を勉強していた苦手な子たちが、「へー、そうだったのか」と驚きました。しかし、定期テストで４０点だった苦手な生徒が、ペア学習によって７０点以上も取れるようになってくると、俄然、やる気になってきます。つまり、教師が教えるのではなく、協働学習によるプラスの連鎖にするのです。

　大切なことは、「自分の力でできた」という実感を持てるようにすることです。仲間のいいモデルを見せ、仲間同士で認め合ったり、褒め合ったりすると、人は「もっとできるようになりたい」と願うようになります。
（川村：子どもたちを、いかにその気にさせるか。それが「肝」なのだ）

　その後、彼は、効果の上がる褒め方について話し始めた。
（中嶋）よく、教師は子供たちを褒めて育てるという話を聞きますが、やみくもに褒めるのは逆効果です。形だけの褒め方では、生徒が白けてしまいます。褒めるときは、タイミングとその内容が大切です。子どもが、自分でも頑張ったと思えるような時を取り上げ、旬のタイミングで褒めること。よく観察をして、変容があった時に、具体的に褒めること。それによって、子どもたちに「ちゃんと、あなたのことを見ているよ」という教師のメッセージが伝わります。時間のかけ方も考えなくてはなりません。何に時間をかけるか。それが大切です。多くの教師は、時間をかけてプリントを作っています。でも、その多くは、５０分という授業を予定調和で終われるようにするためです。でも、それを何十回繰り返そうが、力がつくことはありません。学習者にとって、プリントは個々のコミュニケーション能力を向上させることに寄与することはなく、彼らの「知りたい」「伝

えたい」という必要感を満たすことがないからです。むしろ、課題や言語活動を「自分ごと」にすることの方が大切です。教師がやりたいことをやらせるのではなく、生徒が自学自習できるように工夫することです。教師が教えなくてもわかる、たとえば、過去の学習履歴を活かすようにすると無駄な時間が省かれます。それによって生まれた時間を、さらに他の活動に活かす、生徒が主体となる出力の活動を取り入れるために教材研究をします。これが時間を有効に使うということです。人間の脳は、終わったことを忘れようとします。だから、あえて終わらないようにします。形だけまとめようとしないで、映画の予告編のようなものを用意し、次の授業を楽しみにさせるんです。（川村：中嶋先生の顔に、一瞬、本当に嬉しそうな表情が浮かんだ。中嶋先生は教育が何たるかを熟知している！）

　さらに、中嶋先生の興味深い一工夫の話が続く。（中嶋）歌を歌う時、最初に、生徒にこう伝えます。「きちんと歌えるようになっている人には、新しい歌の歌詞カードを配ります」。そして、歌を歌っている時に、机間指導をしながら、大きな声で、正しい発音で歌っている生徒に新しい歌のプリントを与えていく。すると、みんな必死に歌う。歌詞カードをもらえたらガッツポーズをします。（川村：、授業は心理ゲームである。さらに、話は続く。中嶋先生の話は尽きることがない。まるで沸き出ずる泉だ）

　また、自己評価表には、その授業で何を学んだかを自由記述で書くようにします。メタ認知力を高めるためには、自分でやっていることが説明できなければなりません。つまり自分を客観視できるようにすることです。大切なのは、常に授業を通して「何ができるようになるのか」を目的として示すことです。たとえば、不定詞なら、「不定詞を使って自分の夢を語ってみよう」というようにします。さらに、生徒の自己表現の作品を教科通信で全員に紹介します。これこそが一番の励みになります。ただ、そのためには、常に机間指導をしながら、カルテとして座席表にメモをしていきます。生徒の情報を集めておく必要があるからです。しばらくすると、座席表はパラパラ漫画のように繋がります。

●また、質問がでた。「発問力を上げるにはどうしたらいいですか」

（中嶋）「遊び心」を持つことです。子どもたちにとって、教科書には出てこない、意外な質問を用意することです。事前の教材研究で「えっ？」と思ったり、「あ、それ聞いたことあるけど、なんで関係があるの？」というものを用意し、ストンと意味付けられるようにするんです。すると、「あーっ」という声が出るようになり、教室がどんどん居心地が良くなっていきます。授業で学級づくりをすることが最も大切なことです。学力向上には、温かい教室、友だち同士が認めあえる環境にすることです。それを支えるのが「知的好奇心」です。教師が、教材に惚れ込んで教材研究をすることです。教師の気持ちはそのまま授業に反映しますから。教師は真面目な人が多く、言葉なのに、知識として与えようとします。しかし、子どもたちの発想は違います。たとえば、３単現のｓを勉強しているときに、苦手な友だちに向かって、英語の好きな生徒が「be 動詞で is になる主語の時は s(es) をつければいいよ。is のｓは三単現のｓだから』とか、アルファベットのｂとｄの区別がつかない友だちに「ｃを書いてみて。そう、そのまま一筆書きのように、続けて縦に一本付け足すとｄになるよ」「おおーっ、ホントだ」こうすると二度と間違えませんね（笑）。
（川村：なんてわかりやすいんだ。身体に電流が走るほど痺れる説明だ）

（中嶋）だから、みなさん、丁寧に一から十まで教えようとする教師は、学習者にとっては悪い教師なんですよ（笑）。

●講義が白熱し、質問も多岐に渡る。「中嶋先生が最初にする授業はどういう授業ですか」

中嶋先生は、生徒の信頼を勝ち取る秘技、奥義を披露し始めた。

（中嶋）私は、よく言われる英語の重要性や将来役に立つなど、英語の有用性の話はしません。中学３年生を教える時などは、「今でも、英語の勉強でモヤモヤしているところはどこ？」と生徒に尋ねます。生徒たちから、いろんな項目が挙げられます。その中に「不定詞」があることを確認すると、「じゃ、不定詞について説明するね」と言って、英文を板書しま

す。そして、不定詞の３用法（名詞用法、副詞用法、形容詞用法）とか、別に区別できなくていいよ。そんなことを覚えるんではなく、to の前にスラッシュをいれるだけで全部わかるようになるよ。to の前にそれぞれスラッシュを入れて切ってみようか。スラッシュの左側と右側はそれぞれどんな意味になる？訳してみて。

I like（私は好きだ）/ to play tennis.（テニスをすることが）

I want time（時間が欲しい）/ to play tennis.（テニスをする）

I went to ABC park（ABC 公園に行った）/ to play tennis.（テニスをするために）「あぁ、やっとわかった。楽勝や！」そう、生徒が言います。

このように、教師が、ストンと胸に落ちるような指導方法を最初に見せるのがコツです。（川村：これこそ目から鱗だ！）

さらに言っておくと、１年間の最後の３時間は生徒を感動させて授業を終えるよう仕組むんです。とっておきの教材を用意したり、教師の失敗談を英語で「語り部」のようになって語ったりします。人生の教訓となるような偉人の格言を使うこともできるし、生徒にとって「メッセージ」となる英語の歌を取り上げ、「訳詞大賞は誰？」という活動もできます。納得の沈黙が長く続いたので、このままではまずいと思いさらに、質問してみた。

● 「中嶋先生は ICT の活用をどう思いますか」

（中嶋）ICT も、もともとコミュニケーション能力を高めるために使わなくてはいけないものだから、それに頼り過ぎるのはよくないですね。学校は人がいるんだから、学校でしかできない ICT の学習をするべきです。つまり、集団性を活かすため、生徒のいろいろな意見を絡ませる手段として考えることが大切だと思いますよ。ここで、話が荒れた学校に戻る。

（中嶋）「川村さん、番長が私のところにやって来て『お前だけは殴らない』と言ってきたんです。なんでだと思いますか？」

（川村）「人として扱ってくれたからですか」

（中嶋）「彼はその理由をこう言いました。『お前は、雑巾で掃除をしている。便器さえ雑巾で吹いているからだ。他のセンコーは木刀をもって威嚇

96

しているだけで、掃除しないからな。お前は他のセンコー違う。だから殴らない』。

（川村）「なるほど！」

（中嶋）「それが、彼らが納得できる見方、考え方なんですね。言葉ではなく、冷静に、後ろ姿を観察しているということなんだと思います」。

　さらに、中嶋先生は、埼玉県で中学校教師としての運命の出会いについても紹介した。

（中嶋）埼玉県での最初の２年間は、がむしゃらに教えていましたね。教師主導型そのものでした。プリントを作るのが当たり前。クラスのコントロールはできていても、つまらない授業だったと思います。それを変えてくれたのが奥住公夫先生（奥住 桂先生の御父上）でした。奥住先生の授業では、生徒が生き生きと自己表現をしていました。問題を解くのではなく、自分の身近なことを表現し、さらに自分の意見や考えを英語で述べていたのです。奥住先生のクラスは、サロンのように温かく、生徒たちの表情は明るかった。それまで、私は、最初にインプットありきで教えていました。しかし、奥住先生のクラスでは、最後にどんなアウトプットをするかということを生徒が知っているので、インプット for アウトプットの状態になっていたのです。だから、アウトプットがうまくできないと、生徒は自然に自分で調べ始めるんです。

　教師の使命は、つくづく「子どもたちができるようになりたい」と思わせられること、そして「できるようにしてあげること」なんだと思いました。教師は、生徒に夢を与え続ける、失敗しても次にチャレンジしていく気質を持たせる。それが大事ですよね。（川村:教育はロマンですね！）

　この後、質問は単語学習やフォニックスの指導へと続いた。中嶋先生の機知にとんだ熱い話がまだまだ続く。もしかすると、MCをやっていた俺が一番うれしくて興奮していたかもしれない。

最後にこれからの抱負を聞いてみた。

　彼からは、とても謙虚な言葉がでてきた。「それは恩返しです。つまり、自分が学ばせていただいたことを後輩たちに伝えていき、いずれは、その

人たちが地区の中心となり、次の世代へと伝えていく。ユズリハのように
ね。そうなってくれればいいなと思っています。」

　俺は、もうグウの音も出なかった。大きな勇気と元気をいただいた。や
はり、英語教育界のガンジーは、話す内容、話し方ともに圧倒的なインフ
ルエンサーだ。まさに中嶋先生こそが、地上の星の中の巨星である。凄く
濃い時間をありがとうございました。中嶋洋一先生と友達になれてよかっ
た。これからもよろしくお願いします。

14 「悦」に入り幸せを手にいれる達人　田中克成

　人にはあった瞬間に、「ああ、なんか自分と同じ匂いがするなあ。」と感じさせる人がいる。それが田中克成さんだった。澤村翔一さんのセミナーに参加し、そのあとの懇親会で知り合いになった。最初から田中さんはフレンドリーであり、俺の得意な図々しさを発揮することができて、すぐに友達（？）になった。そして今回のインタビューを通じて、俺が同じ匂いがすると言ったその理由が分かった。田中さんも俺も I love me. なのである。そう、自分が大好きで、何の根拠もなく俺はできると思っている二人だったのだ。

　ただ、もちろん、最初からそうではなく、彼の人生の紆余曲折の中でつかんだ究極の心理、「悦に入る」ことができるようになったからだ。この「悦」に入る感覚に確信を持ってからの彼は人生の大進撃を始めたのだった。

　とにかく彼には、偉ぶったところがなく、なぜか子犬のような人懐っこさがある。彼が相当忙しいのを知っているので、さっそくインタビューを始めた。「最初に田中さんの仕事とやりがいを教えてもらえますか。」「僕の仕事は、経営者のファンコミュニティーを作ること、ブランディング、本のプロデュースなのです。基本すごい人がいると、コミュニティーに連れてきて紹介することがメインですね。」「どんな人が多いんですか。」「ビジネス関係者が多いですね。だからマーケティングやお金の知識や、コミュニケーション力を持っている人がたくさんいます。それが輪をかけて、人脈、金脈が豊富なコミュニティになってます。若い人に出資して、経営助言もしますよ。コミュニティには、経営学で有名な〇〇さんもいます。まさにその道のプロで俺の師匠です。

　以前、富士五湖で大企業の役員呼んで巨大テントで一日セミナーもやったりしました。確か参加費は一日１０００万くらいかな。」

　俺はもう、スケールがでかすぎてだんだん話についていけなくなりそうで不安を感じ始めていたのだが、それと同時に、思い切りワクワクしてきていた。俺の好奇心が思い切り頭を持ち上げてきたのだ。『田中さんて、こ

んなにフレンドリーなのにそんなすごい人たちとも友達で、どんな人なんだろう。もっと知りたい。』そう思ったのだ

　彼の仲間には年商一億なんて当たり前で、そんな人たちはみんな自分を悦ばせる術を知っているという。そして自分で喜んでやっていると人がどんどん集まってくると言うのだ。田中さんは、その一例としてＫ１チャンピオンの話をしてくれた。彼はなんと若きＫ１チャンピオンのメンタルサポートとセコンドをしているのだ。

「Ｋ１チャンピオンである彼の『強くなりたい』というその強い意欲に基づいた練習を間近でみていると、俺もまだまだやれると思うんだよね。だって強くなることについての集中力がすごくそれ以外はどうでもいいんだ。ある時『どうしてそんなに集中できるんだ』と聞くと『田中さん、好きな食べ物はなんですか』と聞くから『肉かな』と答えると、『なぜ好きなんですか？』と聞くから『えっ・・・』『でしょ、理由なんか特にないんですよ。好きに理由はいらないんです』こう言い放つんです。」

　たくさんのアスリートを育てた世界でも有名なメンタルコーチ高畑さんが言うには、どれだけ、熱く動機を持ち続けることができるかがカギだそうだ。高畑コーチのもとには、イチローや前田健太、オリンピックの一流アスリートも訪れている。彼らにはこう伝えているという。「目標を持つな、それに縛られる、夢はとんでもなくでかく持て、努力と思うな、好きだからやっているんだと自分に分からせろ。」そうすると伸びしろの限界が無くなると言う。多分今大活躍している大谷翔平選手もそうなのではないだろうか。前人未踏の野球での二刀流、彼は今それを当たり前にこなし、さらに伸びていこうとしているのだ。何といっても彼の表情が明るいのがいい。

　これが、田中さんの言葉を借りると「悦」を追求していくことになる。好きでやっていることを、とことん追求していくのだ。彼はこんな面白い仏陀の話をしてくれた。

「仏陀ってバリバリのADHDだと思うんですよね。こんな言い方して申し訳ないけど。だって何もしなくたって王子様で裕福に暮らせるのに、わざわざ家族を捨てて、悟りたいと言って自分を死の一歩手前まで追い込むんですよ。wantが強すぎますよ。後先考えてない。さらにこんなこと言っ

てる。『私のところには、神や菩薩が学びに来ているんです。』だって。そして最初に私の話を聞いたのは鹿です。だって鹿って動物ですよ。鹿に向かって話する人います？（笑）

　だからね、僕は思うんです。成功者は周りを気にしないんです。現代で言うなら、スティーブジョブズや、イーロンマスク、孫さんなんかもそうじゃないですかね。今まさにリストラをすることにあまり躊躇もしない。何千人のリストラをすると何万人の家族にも影響が出るんです。それをあえて断行する強さ。」

　ここで、話がK1チャンピオンの話に戻った。「彼が２６歳の時には、もう自分がチャンピオンになることを想定して練習をしていました。「なろう」ではなく「なる」という事実のための準備と練習なんです。彼はね、すごく口の悪い若者でした。だからね、少し忠告したんですよ。それは世界チャンピオンの態度じゃないって、そうしたら、今はまだチャレンジャーだからいいんだと言うんです。世界チャンピオンになってから俺は変わると言い放つんです。そして実際にチャンピオンになり彼の態度は変わったんです。この『好きなことを徹底的にやる』つまり「悦」に入る世界こそ幸せなんです。だから世の中をこちらの方へ寄せようとしているのが俺の仕事なんです（笑）

　俺は、田中ワールドにどっぷりつかってしまったようだ。次に田中さんは学生時代からこうなのか興味がわき聞いてみた。「田中さん自身も変わりましたか。」「うん、変わりましたね。僕は小学校、中学校はやんちゃしてました。真面目にやることはダサいと思ってました。ただ俺の２つ上の姉貴は地元でバスケットのスーパースターだったんですよ。高校生の頃は女子バスケット界で東の大山、西の田中と言われてました。その後も日体大でインカレ優勝、実業団でも活躍し、今は長崎で体育の教師とバスケットの顧問をやっています。もちろんバスケット部は全国大会へ出場しています。姉貴は指導者としても優秀なんですよ。

　それに対して俺は、姉貴と比べられるのが嫌で、練習をさぼっていたので、さんざん顧問からは『田中は、姉の爪の垢でも煎じて飲んでろ！』と言われ思い切り腐ってました。そんな時、中学２年で顧問が変わったんで

す。その監督は野球一筋だったのでこう僕たちに話したんです。『俺はバスケは全く分からないし、今までお前たちがどういう練習をして、誰がうまいかもわからない。だから俺はこれからのお前たちがどんな風に練習を取り組んでいくしか見ない。過去は関係ない。今日からのお前たちを見ていく。』この時、僕のスイッチが入ったんです。下手は下手でしたが、全力で練習を始めたんです。そうしたら2年でスターティングメンバーに入り、予選に出場、結果は1回戦負けでしたが、その試合を見ていた高校の監督が、あれは誰だということになり、『あれは、純真高校の田中の弟です』ということを知り、僕を高校の練習に引っ張ってくれたんです。もちろん高校の練習だからめちゃくちゃきつかったけど、それでうまくなったんです。

　そして高校に入るや否や1年でレギュラー2年からはキャプテンを務めました。」人の一生には必ず転機がある。そのチャンスをものにするかしないかはその時の自分の決断がすべてなのだ。

　そういえば、俺も学級担任をして生徒会を担当し、バレー部の顧問をして、俺のクラスには番長もいて生徒指導も担当していた。そこに来て校長から、久喜市の英語指導の研究委嘱を受けるかと言われ、一度は断ったものの、腹をくくって引き受けてから俺の人生が変わったことを思い出した。話を田中さんのその後に戻す。

　「大学にはバスケットのセレクションで入り、僕が日本初の NBA の選手になると夢を見ていたんです。今思うと、こういう人間になれたのは親のお陰だと思ってます。俺の親は子供が言うことを絶対に否定しないんです。たとえば『俺、ジャッキーチェンになる』と言うと『そうか、じゃあ、まずは体作り、腕立て伏せをやらんね。』と言われ、腕立て伏せを始め、『俺はウルトラマンになる』と言うと『そうね、じゃあもし、弱いもんがいじめられとったら、どうするね』『絶対に助ける』『そうやね、それがウルトラマンたい』とこういう調子だったんです。そう、いつも子どもに夢を見せてくれる親でした。いつまでも夢見て、現実をあまり深刻に考えず、夢に向かって行けるようにしてくれたんですね。だって夢持ってて、自分を客観的に見始めると、へたするとうつ病になることもありますからね。」

田中さんは、今度は脳科学の話もしてくれた。「人間の脳にね、快楽物質が放出されると幸せな気分になるんです。セロトニンやドーパミンかな、そしてその快楽物質が放出されるのは、夢が叶ったときよりも夢に向かってワクワクしている時なんだそうです。だからね、もし本気で俺は仮面ライダーになると言って、毎日のように変身ポーズを研究して、いかに仮面ライダーになるかを目指しているとしたら、それはそれですごい幸せなんですよ。つまり、自分の好きなことを思い切りやる、それが幸せの元なんです。」

　もう彼の中では幸せの方程式が完全に出来上がっているのだ。俺はその大学の後も順風満帆かと思い尋ねてみるとそうではなかったようだ。

「大学の卒業後の 10 年は本当に大変でした。さすがの俺もこのままやっても NBA の選手にはなれそうもないと思い、バスケの怪我を理由にやめ、バイトをして 300 万ためてアメリカへ行くことにしました。そうしたら、アメリカについてすぐさま詐欺にあい 300 万を取られてしまったんです。でもね、金なくても何とかアメリカで生活できたんです。まずは住み込みのレストランで働くことにしたんです。そこはまかない付きで、肉と寿司を毎日日替わりで食べてました。（オイオイ！）それに、俺が詐欺にあったもんだからみんなご馳走してくれるんです。だからなんか金なかったけどもう楽しくてね、さすがアメリカと言う感じでした。最後には詐欺を仕掛けてきた人とも友達になりました（笑）ただささがに、お金が底をつき、3 か月で日本に帰ってきました。もう一回お金貯めてアメリカへいこうと思ったんですが、なかなかまともな仕事に就けず、本当につらい毎日でした。そして分かったんです。俺は普通の仕事は大嫌いなんだって。（笑）

　日本に帰って 3 年目、俺は独立することにしました。ところが経営なんでもともと素人だからうまくいくわけがない。何も売れないんです。家を建てたこともあり、当時は 7000 万の借金がありました。これを返すためにいろいろな人にどうやったら成功するかを聞きまくる日々が始まりました。そのアドバイスをくれた一人の人が、一作目の本を書くチャンスをくれたんです。そして、多くの経験から得たことは、人格者が成功するのではなく、むしろ人気者こそ成功しているという事実だったんです。

つまり、次のように、いつも「悦」に入っている人こそが成功する。
① 自分を悦ばせるスキルに長けている人
② 自分に酔っている人
③ 刑務所でさえも本を書けるような人（ホリエモン？）
④ 自分に正直に生きている人
　恐ろしいほどに、田中さんの話は終始一貫している。

「では最後に、田中さんはこれからはどうやって人生を生きていくつもりなんですか。」「自分がワクワクすることをしていきたい。「悦」に入れる人をプロデュースしていきたい。そしてそういう人をまた世の中に紹介していきたいですね。それから、若い人に投資して、もしうまく言ったら１０％くらい頂戴したいなと。(笑) でも、３０代にもなって、礼儀がなってないのは許せないかな、２０代前半なら、生意気でも余裕で許せるんだけどね。
　とにかく、今の僕は本当に幸せですよ。だって気分の悪い人とは一緒にいないから。実は、僕の場合、相手が誰でも、メール読まない、Ｗブッキングする、スケジュール忘れる人なんで、心が寛容な人とじゃないとまず無理なんです。だからね、そういうのを知っている人は、突然電話してきて「そういえば、克成さあ・・」と言って話し始めたり、僕がドキッとするような出だしでメールしたり、連絡とらなくてはと思わせてくれる。(笑)僕の周りはね、好きな人しかいないから、俺も会いたいんですよ、でも会うには時間かかるからね、マジで外国住もうかと思ってます。」「えっなんで？」「だって外国にいたら、会いたくてもすぐに会えないじゃないですか、つまり相手もあきらめてくれる。だからまたアメリカ行こうと思ってるんです。」(川村，降参です、笑)

　田中さんは、本当に面白い人です。発想がやはり一般の枠に入らない。会いたいのに、全員に会えないからひとまず会えないアメリカへ行く。もう笑うしかないですよね、そしてすごく田中さんらしいな。本当に愉しいインタビューの時間でした。こうしてきっと周りの人を愉しく幸せにしていくんですね、これからも。さすが地上の星「田中克成」でした。

15　英語教育界の俺の兄貴　北原延晃

　久しぶりに、喫茶店で待ち合わせだ。俺は，わくわ
くしてその人が来るのを待っていた。そうデートだ。
しかし、相手は、いかついおじさんである。（失礼）
俺が兄貴として慕う英語教育界のドンの一人、北原延
晃先生だ。何がいいかって、そのお人柄だ。何ものに
も臆することなくストレートにむかっていくその気質、まさにチャレンジ
ャー。教えていた中学校では英語検定準2級合格率56%などのすごい偉業
を達成しても飾ったところがない、そして明るくて面白いし、これから伸
びていこうという弱者にやさしい。まさに、「梵天丸も（俺も）かくありた
い」：（梵天丸＝伊達政宗の幼名）
　イメージとしては「フーテンの寅さん」のような人で、実際に生まれも
育ちも葛飾だそうだ。気質的にも俺と似ているところがあり、無条件に話
していて愉しいのだ。北原先生も北研と言う勉強会を発足し、全国に18
の支部を作った人だ。彼こそ、地上の星にふさわしい。その北原先生の人
柄と今でも全国をまたにかけて英語教育のために走り回っている姿にあこ
がれと嫉妬を込めて（笑）ここに紹介しようと思う。

　俺は、明大前（京王線）の駅前のしゃれた喫茶店で北原先生を待ってい
た。そこへ、響く声と共に北原先生が表れた。「やあ、川村さん、久しぶり。」
「そうですね、久しぶりですね。」たわいもない思い出話をしてから、さっ
そくインタビューを始めた。
　「最初に北原さんの最近のお仕事の様子をお聞かせ下さい。」「うん、今
は週に1コマ、100分の授業を上智大学で持ってる。教職課程の授業だ。
それで、春学期は英文学科以外，秋学期は英文学科の3，4年生を持って
る。まずは大学生に、今までどんな英語の授業を受けていたか、リアクシ
ョンペーパーに書いてもらったよ。そうしたら、ひどいことが分かったん
だ。彼らは上智大学の英文学科だから、さぞかし英語の授業が愉しいと思
って学習してきたかと思いきや、中学・高校で思い切り痛めつけられてい

105

る。」「ええ、どういうことですか？」「学生たちが、英語の授業を愉しいと思ったことはないと言うんだ。僕は改めて思ったね、この日本から単語テストと悪のノート作りと和訳をなくしたいと。授業では語彙指導もろくにやらないで、全部自分たちでやれと言うんだ、生徒に分かるわけがない。丸投げだよ。」

「僕がね、君たちは英語の勝利者だと言ったら、なんと学生たちがにらんでくるんだぜ。」「なぜです？」「いつも少しできるようになると、上のクラスへ移り、そこにいる生徒たちは自分よりできるから、また劣等感に包まれ、勉強をさらにやることに追いやられる。ある意味、強迫観念のもとに英語を勉強してきたというんだ。」これを聞いて、俺も驚いた。でも確かに今でも高校は、受験が目の前にあるため、決まられた時間の中で多くの内容を詰め込んでいく授業が多い気がする。

「それにね、川村さん、彼らの英語の先生に、生徒一人一人をのばしていこうという努力が見えないんだよ。話を聞けば聞くほど現状はひどいね。」

　俺は、それを聞いて、自分が教えている高校の英語の授業を思い浮かべ、俺の授業はどうだろうと自問自答してみた。先日の授業アンケートでは5段階の4.6を取っていたのだが、やや不安もあった。本当に一人一人を伸ばすことができたのだろうか。

　「ある調査によると、早期英語教育が効果的であるかどうかは、いまだに不明な部分もあるらしい。確かに発音等は小さい頃の方がいい等結果は出ているものもあるからね。そういう研究をもとに考えると、俺は１２歳から英語の勉強を始めても間に合うと思っている。問題は誰が教えるかだ。確かに、昔に比べれば、コミュニケーションを中心にやっている先生も増えてきているとは思う。ただ、高校になって英語学習が音声から離れて、インプットをしているのが問題だと思うんだ。だって音声指導だけは、学校だけのインプットでは全然足りないんだよ。つまり、学校以外で、自分から英語に触れるようでなければだめということだ。そして、家での音読は、自分の耳へ英語の音のインプットになるから、本当の英語の音でなくてはならないんだ。そういう意味で、日本では英語の音のインプットがまるで足りないんだ。」

彼の発言の中で、何度も頭の中を鳴り響いた言葉、それは『家での音読練習は本当の英語の音でなくてはならない』と言うところだった。だから彼はあれほど、授業で英語の発音について徹底的にこだわるんだと思い切り納得した。「僕はね、だから大学の英語の授業でも音読を徹底的にやってる。そしてダメ出しをしている。英語の先生向けのセミナーでも先生方に英語の発音のダメ出しをしてるよ。」（う〜ん、我ながら耳が痛い。俺は大丈夫だろうか。とにかく、英語学習は英語の音から離れないように指導することが大事なんだと痛感した。）

　俺は話題を、今が旬な ICT を活用した授業に移した。
「ICT の活用する授業をしていて、つながらない時は悲惨だよね。一人でも繋がらないと授業を進められないしね。いかに効果的に ICT の機器を使おうとも、ネット環境が整っていないとマイナス面が多い。インターネットなどもフリーズしてしまうと話にならない。でも、もし活用できれば、なんといっても時短になるし、ペーパーレスに繋がるのは事実だ。俺の知っているある先生は、ICT を活用することによって、生徒の忘れ物がなくなり、1 年間で 6000 枚もの紙の節約になったと言ってる。」

　俺自身も、去年は小学校で ICT を活用した経験があるから、これはよくわかる。歌を歌う場合も、CD と違い、映像と共に歌えるので愉しさも倍増する。今年からロイロノートをつかっているが、宿題を紙を使わずに電子データで送ることができ、それを添削できるから便利だと話を振った。
「でもね、川村さん、ICT で書く字は汚いよね。それが少し難点かな。」

　これを聞いて、また耳が痛くなった。なぜなら、結局生徒の宿題の添削をした自分の字が汚いのが気になり，紙に書いてそれをカメラで撮影して模範解答として送ったのを思い出したからだ。

　「不易と流行」と言う言葉がある。北原先生は、それをしっかりと掴んでいる。（不易とは時代に関わらず大切なもののこと）彼は以前「英語授業の「幹」を作る本」の中で、その大切さを語っているのを思い出した。そのぶれない英語指導が素晴らしいと改めて感心した。

　俺は、英語教育をこれほどまでに深く理解し、実践している北原先生の学生時代に好奇心を持った。

「北原先生は、もちろん、学生時代からそのパワフルな感じで英語も抜群にできたんでしょ。」「僕はね、小学校時代はすごく体が弱かったんだ。毎月一回は風邪をひいて、1週間くらい学校を休む。そして家で寝ていることが多かったから木の天井の穴をよく数えてた。木目の模様とかね。だから小学校では読書少年だったよ。それに、スポーツするよりも、生き物が好きで、魚やザリガニを取ったりして遊んでた。でも中学からバレーを始めて、体が丈夫になったんだ。」意外な答えが返ってきた。北原先生が「読書少年」と言うイメージは俺には大きなギャップがあった。ただそれが今の北原先生の知的財産の宝庫を作り上げたのかもしれない。

「バレーを始めてからはね、どっぷりとバレーにのめり込んだよ。確か葛飾区で3位くらいだったかな。」「そうなんだ。俺もバレー部でした。でも当時、全国大会で優勝した鉢山中学と言うのが渋谷区にあって、俺が所属していた広尾中は公式戦で勝ったことありません。北原先生の中学校は何という中学校ですか。」「えっ、名前言うの、それはコマッチュー（困チュー）？！」「えっ、何ですか、それ？」「だから、小松中」（親父ギャグか！）

「中学ではバレー部キャプテンを務め、高校でもバレー部に入り、セッターをやってたんだ。バレーではセッターが一番面白い。ABCDのクイックを使い相手の裏をかくのが最高に愉しいんだよね。相手にオープンを打たせると見せて、バックトスを上げ、バッククイックを決めるともう快感だね。当時のバレー部は、先生ではなく、高校生や大学生になったOBが指導をしていた。当然、僕も大学生になり、母校の中学校へ指導に行くんだけど、その時の教えると言う経験が教師になるきっかけとなったんだ。」

「北原先生は、英語じゃなくて、バレーがきっかけで教師の道に入っていくんですね。じゃあ、英語との接点はどうできていくんですか。」

「中学で、英語の歌を徹底的に覚えて、思い切りはまってたよ。高校でも英語の歌を歌うのは欠かさなかったから、トータルで２００曲は歌詞を見ないでも歌えたね。（兄貴、まいりました。これが英語教師北原のベースなのだ。英語の発音や英文のストックはここで培われたのだ）CCR（外国のロックミュージシャン）の日本公演をはじめ数々のコンサートも行ったよ。」

実は、俺も洋楽が大好きで、俺の口からも昔懐かしい、レッドツェッペ

リンや、エアロスミスなどのバンド名が飛び出していた。

「そうだ、こんなことがあったよ。３０代～５０代の頃はよく外国旅行してたんだけど、パリのセーヌ川でのことなんだけどね。セーヌ川でギターを弾きながらサイモンとガーファンクルの歌を歌っている人がいたから、俺もその人の歌に合わせてはハモってみたんだ。そしたら、その人は、オランダ人のブルーカラーでセーヌ川で歌を歌うのが夢だったらしいんだ。面白い体験だった。イギリスの大学で学んでいた時も、パブで歌を歌っている人たちがいたんだけど、おっさんたちは歌詞を全部覚えてないから、俺が歌うと、彼らから拍手が来て、みんな俺にビールをおごってくれるんだよね。もうビールを何パイント飲んだかわからないよ。英語の歌が俺のベースだね。俺は本当に歌に救われてるね。」

　すかさず俺は聞いてみた「北原さんは楽器もやるんですか。」

「うん、ドラムをたたくよ、家にある。でも今はあまり触ってないかな。」

「これだけ、聞いているとなんか余裕ある大学生活に見えますが、英語はどうだったんですか。」

「俺は大学に入って ESS に入ったんだ。外大の ESS のレベルは高く、帰国子女や留学生もたくさんいる。そういう奴らはペラペラ英語をしゃべってるわけだ。俺はヘラヘラだけどね（笑）僕の場合は高校の時に英米語学科で入るよりもドイツ語科で入った方が入りやすいというアドバイスをもらってドイツ語で入ったんだ。なんと言っても、大学に入ってからの僕の目標は英語よりもバレーを教えることだったからね。さっきも言った通り、そこでの教えるという経験が俺に教師への興味をもたらしたんだよな。ところがだ、最初から教師になろうと思ってたわけじゃないから、大学３年から教職課程を始めることになって、それはもう大変だった。だってさ、普通は１年から教職課程を取るだろ。その結果俺は、単位を取るために３年から毎日大学行ってた。４年になっても毎日学校へ行くのは多分俺くらいだよ。４年生の時に７４単位取ったよ。(兄貴、俺もそうでしたよ(苦笑))１年の頃は遊んでたからねえ。４年で一般教養や体育やってるの俺だけだよ。」

　「そして、晴れて俺は東京都の中学校の先生になったわけだ。当時はね、

学校が荒れていて、ツッパリがいて普通の授業なんかできるわけない。僕がオールイングリッシュで授業してるとさ、『てめえ、日本語しゃべれよ！』とこうくるわけだ。それでも中学の英語の内容なんで楽勝だから、教材研究なんかしないで、出たとこ勝負だった。今になって思うとその当時の生徒に申し訳なく思うよ。（兄貴、俺もです。なにせ教員採用試験の面接官の質問が『もし、生徒が殴り掛かってきたらあなたはどうしますか』でしたからねえ。）

「そして、学校の立て直しのカギを握ってるのが部活だと思っていた。当時は部活やってないと半人前か、体が弱いと思われてた。でも、とりあえず俺は強面路線で授業も成り立ち、部活も強くしていった。さらには調子に乗って２６歳で学年主任に立候補していろいろな改革をした。でもある一定以上になると学校がよくならなくなったんだ。」

そんな時だ、教員になり５年目に、長勝彦先生に会った。

その授業はもう衝撃的で金属バットで頭をガツンと殴られた感じだった。僕の授業は何だったんだろうと思った。そうだな、さしずめ、僕の授業は詐欺かサーカスの調教師だ。これが僕の授業が変わっていくきっかけだね。」（そうか、ここで兄貴の人生を変えた長先生の登場なんだ！）

「俺はさ、考えたんだよ、いつまでも部活にのめり込んでいたら、教師に一番大切な授業に身が入らないと。そこで異動届を出した。何せ、先輩体育教師からは、北原は準体育教師と言われてたからね（笑）異動の願いが叶い、葛飾区から墨田区の中学校に移ることができたんだ。」「やりましたねえ、さすが行動派です、それからいよいよ英語教師としての快進撃が始まるんですね。」「いや、それがさ、俺にバレー指導を教えてくれた体育教師から、お前は墨田区のバレーの専門委員になれと言うお達しが来たんだ。逃げられなかった。さらにね、追い打ちをかけるように、墨田区でボート部を作る話が出ていて、外大で学内レガッタに出場してボートを漕いだことのある僕に顧問の白羽の矢が立ってしまった。だから部活から逃げる予定が、月から金までバレーで土日がボート部の部活動をやる羽目になってしまった。」（アニキー！これ以上ブラックな企業はないっす！）

次に、俺は、話題を今やっている研修会に振り向けた。

　「僕が主催する北研も１９年目に入るわけだ。でもねコロナ前は全国に北研の支部は１８あったんだけど今は、若手が入ってこない。以前は全国から飛行機や新幹線を使ってたくさん集まってきていたんだけどね。」（俺も何度か参加したことがあるので驚いたのをも覚えている。俺が話しかけた人は確か青森から来ていた。）

　「橋架村塾も、コロナ前は２０人近く集まってたんですが、今は１０人弱でしょうか。変な話今は、生徒も落ち着いていて、工夫がなくても授業が成り立つし、教科書にもいろいろなアクティビティがあり、便利ですからね。」「まあ、北研も似たようなもんだが、もう代替わりをして、僕は次にやりたいことがあるんだ。それは『未来の先生基金』、基金と言っても俺の金使うことになると思うけどね、そのお金でいろいろなところで、先生になる大学生を教えたいんだ。すでに、来週、北海道教育大学で授業をすることになっているだ。そして俺だけでなくいろいろな先生方も派遣して教員になる学生を育てていく。そういう先生方の交通費等を俺の基金で負担するんだ。」

　「おっ、川村さん、そろそろ終わりにして飲み会に行かないと。」

　「はい、そうですね、この辺にしておきましょう。愉しすぎました。」

　やはり、俺の兄貴は、やることがでかいし、今も心に教育への熱が煮えたぎっていた。これからも北原先生は俺の兄貴です。俺もやりますよ、教師育成プロジェクト、その一環が死ぬまで続ける橋架村塾です。

　最後に、北原先生からこんなエッセイをメールでもらったので紹介したい。

Kitahara de essay 674 兄貴ィー　７月２１日（金）

　私には「兄貴」と呼んでくれる人が２人います。一人は実の弟でもう一人はピカイチ先生こと埼玉の川村光一先生です。いつ頃からそう呼ばれているのかは覚えていませんが、かなりの月日が経っていることだけは事実です。川村さんは北研より７年も早く橋架村塾という勉強サークルを立ち

上げて埼玉の先生方を虜にした人です。その彼から「兄貴、インタビューさせてください。」と依頼が来ました。なんでも「『ゴーインにマイウェイ3　俺が見つけた地上の星たち』と言うタイトルの本の中で兄貴を取り上げたいのです。」ということでした。

　実は川村さんと最後に会ったのが第1回北研熱海合宿でしょうから10年ぐらい前でしょう。昨日、喫茶店で待ち合わせて小一時間ほどインタビューされました。（interviewee とでも言うのでしょうね。初めて使いました）15人の最後でした。表紙の原案を見せていただきました。人脈がとても広い彼らしくいろいろな業界の方々の顔写真が並べられていました。素敵なタイトルと表紙です。

　その後、居酒屋に場所を移してたくさん話をしました。英語教育に熱い思いを注いできた二人が話し始めると際限なく時間が流れてゆきます。どれも懐かしく、爆笑モノばかりでした。北原もとんでもないヤツですが、川村さんも負けず劣らずハチャメチャな教員人生を送ってきたようです。特に管理職や組合とのタタカイは私と同じでした。（いつかエッセイに書きますね）2時間笑いっぱなしで他の客のメイワクになってしまいました。

『兄貴、いつまでもお馬鹿でそして英語教育に熱い兄弟でいましょうね。お忙しい中インタビューありがとうございました。』

第3章　Mr.川村　黎明編　ピカイチ先生誕生！
What can you give up to get what you really want？（覚悟はいい？）
You pave the way for yourself！（自分の人生を生きていこうぜ！）

1　高校3年生　夢と高いプライド

今の高校3年生は、大学受験を控えどんなことを考えているのだろうか。俺は高校3年の時『どうしたら金持ちになれるか』を真剣に考えていた。なぜって、金持ちになれば自分のやりたいことの90％はできるようになるからだ。でかい家に住んで、かっこいい車に乗り、きれいな奥さんを娶り、海外旅行へ毎年行く生活を夢見た。お金を使って人の役にだって立てる。そして別荘でも持って、豊かな老後を送る。今思うと人生の大変さを知らない阿保な高校3年生だったかもしれないが。（笑）

そこで考えた、どうすれば、将来金持ちになれるのか。まず自分の家庭の状況から、医者は無理だと思った。医者になるために金がかかる、中には何千万も寄付する大学の医学部があるくらいだからだ。そこでターゲットを弁護士か公認会計士に絞った。この二つの職業を比べた場合、圧倒的に弁護士の方が多い。ということは単純に考えて公認会計士の方がニーズが高い。そして日本で一番公認会計士を輩出している大学を調べた。「あった、一橋大学だ！」俺はそれを目標にした。

実は、俺は高校に入ってから、ほとんど勉強らしい勉強はテストの三日前しかやってない。柔道部の俺は，朝練習と放課後練習でクタクタで夜になるとテレビを見た後、眠くてしょうがなくて、寝てしまうという生活が高校3年の夏まで続いたのだ。だから勉強しだしたのは高校3年の9月から。高校入学時は68あった偏差値は42まで落ちていた。そして、3者面談の日を迎えた。

「この偏差値では、まず一橋合格はかなり難しいと思われます。では滑り止めはどうしますか。」「ええと、早稲田と慶応で。」今思うと顔から火が出るほど恥ずかしい。偏差値42で受かる大学ではない。だが、俺は学力

は低かったがプライドだけは高かった。２流と言われる学校は嫌だと思っていたのだ。母親は下を向いている。担任が言い放つ。「お母さん、お家で受験についてお話し合いをしてきましたか。」「いえ、この子は言い出したら聞かないので、高校を受ける時もそうでしたから。この子にまかせています。」「先生、俺はどうしても公認会計士になりたいんです。」担任の先生はため息をついてから、「わかりました、受験するのは川村君です。ただ一橋大学や慶応、早稲田にしても合格可能性は限りなく低いことを考えておいてください」

そして高校３年の２月を迎え大学受験が始まった。俺は見事一橋大学と慶応大学と早稲田大学に落ちた。初めて味わう痛切な敗北感。俺はその悔しさを胸に、「来年見てろ」と予備校生になったのだ。

予備校生になり、俺の偏差値４２は６０以上にまで回復していった。一度は１０００人ほどいる予備校生の中で３０番になったこともある。本気で一橋までもう一歩だと思っていた。

翌年の受験シーズン。俺の快進撃が続く、武蔵大学、中央大学、法政大学、青山学院大学、同支社大学に次々と合格した。そして慶応大学の受験日を迎えた。俺は国立向けに勉強していたから数学も得意だった。慶応の経済学部は文系でありながら、数学の試験がある。慶応の試験が終わった時、よし、悪くても慶応ボーイにはなれるなと確信していた。しかし、有頂天になっている俺を神様は許さなかった。なんと数学の選択問題の問題をすべて解いてしまったのだ。俺は帰りの電車で、友達から選択問題のことを聞いて青ざめた。多分もうこれで失格は確実だ。そんな絶望感を持ち帰宅すると、今度は神様は俺に微笑みかけた。親父が飛んできた「光一、一橋大学の一次試験受かってるよ。」
これを聞いた時、どん底につき落とされた後、空に飛んでいくロケットに乗せられた気持ちだった。よし、まだチャンスはある。

しかし、一橋大学の試験は甘くなかった。パターン化した他の大学の問題に比べ、一橋は論述式の問題が多く２回目のチャレンジも失敗した。

一橋大学に行けないから、あとはどこの大学でもよかった。そこで家から歩いて通えるという理由で青山学院に行くことにした。（小学生か　笑）

2　Never give up!　（夢をあきらめるな！）

　青山学院といっても英文科に入ったわけではない。何せ公認会計士を目指している俺は経済学部所属である。どうしようもない敗北感と共に、ものすごい悔しさでいっぱいだった。しかし、俺はこう考えた。よしこの青山学院の経済学部で一番になってやろう。そうだ、もしかするとそれぐらいの学力があれば青山学院からでも公認会計士になれると。

　俺は国立を目指していた関係で数学もできた。高校３年では数Ⅲもとっていたので、微分も積分もすでに分かっていた。俺はこれからの未来を考えコンピューターに着目した。そして、統計学と言う学問にはまった。まさに将来の経済の動きを予測する学問だ。思い切り公認会計士の仕事に役に立つ。高校の時とは打って変わりすごい勢いで勉強した。すると統計学で１年を通して平均点が９８点となり、本当に学年で３００人中トップの成績を取ったのである。突然、授業の終わりに統計学を教えている教授が声をかけてきた。優秀な生徒を自分のゼミに確保するための青田刈りである。

　何と俺は、普通は大学３年から入るゼミに２年で入ったのである。神様は俺をまだ見捨てなかったのだ。俺は先輩と共に学んではいたが、数学に関しては先輩よりも俺の方ができた。ゼミで学ぶ数学は英語で書かれた原書を利用していた。先輩たちはその原書を通して学んでいたが、俺はもうすでに内容がわかっているので学ぶ必要がなかったのだ。

　そんな時、ゼミの教授が「今度、オレゴン州立大学と青山学院大学で交換留学生制度が始まる。まずはその先駆けとして短期留学したい人はいるか。」と俺たちに声をかけてきた。俺は迷うことなく手を挙げた。なぜならアメリカこそが俺の憧れの地だったからだ。俺は中学の頃から、銀座まで一人で洋画を見に行くほど映画好きだった。そしてハリウッド映画に魅了された。『卒業』『ダーティ・ハリー』『グレイトレース』『荒野の７人』『スタンドバイミー』『スター・ウォーズ』『インディ・ジョーンズ』、例を出し

たらきりがない。憧れの国アメリカへ行くのも俺の夢だった。俺は大学２年の２月からオレゴン州立大学へ行くことになった。ちなみに統計学の教授はニューヨーク生まれの先生でオレゴン州立大学の教授と友達で、それで始まったプロジェクトだったのだ。俺はついてる！

3　交換留学生

　俺のオレゴン州立大学での生活が始まった。渡米する前は、まさに希望で胸が風船のように膨らんでいた。あの憧れの国で勉強できるんだ。とりあえず英語検定の２級はあるのだから、そう困らないだろうと思っていた。

　しかし、この思いはアメリカ滞在一日目で完膚なきまでに叩き潰された。英語が全く聞き取れない。さらには自分が言いたいことは全然口から出てこない。『こんなんでやっていけるのか、俺』という不安に押しつぶされそうになっていた。何せ、日本からの交換留学生は１０人前後、しかも寮生活で、ルームメイトもアメリカ人だ。ＮＨＫの大河ドラマではないが、「どうする、ピカイチ（家康）である」

　俺は覚悟を決めた。それは勇気をもって、分からない時は分からないと言うこと。そして紙とペンを持ち、言いたいことを英語で書くことだ。すると、少し心が楽になった。１週間もすると簡単な英語は聞き取れるようになった。自分に必要な簡単な表現も覚えた。だが前途は多難である。

　２週間もすると、少し英語が聞き取れる力と、聞こえた単語から推測する力が付いてきた。全部は聞き取れなくても状況から考えて推測するのである。ただ、なかなか話す方は上達しない。

　そこで俺は考えた。どうすれば、話す力が伸びるのかと。俺は赤ちゃんが言葉を覚える段階を考えてみた。まずは親が同じ言葉を何度も繰り返す。それを聞いているうちにその言葉はやがて意味と音が一致して言葉になる。母親は最初、赤ちゃんに離乳食を食べさせながら何度も何度も「マンマ、マンマ」という。そのうち赤ちゃんはお腹がすくと「マンマ・マンマ」と言うようになる。これだと思った。言葉は「繰り返し」の中で、必要な場

面で覚えていくのだ。そこで、よく使う言葉の一覧を書いた表を壁に貼り、毎日口ずさみ、その意味を考えただけで口から出てくるまで練習した。

　方向音痴な俺は、一番使う言葉が "Would you tell me the way to (場所)?" であった。これはもう思っただけで今でも口から出てくる。

　そして、さらに語彙力を増やすのに便利な表現を手に入れた。

　How do you say this in English? 指をさしながらこう質問すると、全部英語で何というか教えてくれるのである。こうしてどんどん必要な表現を俺は手に入れた。そうすると、分からないことがむしろ面白くなった。

　1か月たった頃は、もう大体の会話は困らなくなっていた。

　ある時、ルームメイトのジョン（仮名）にギターを借りて、大学のキャンパスで日本のフォークソングを弾いているとギターを背負った女子大生が近くを通った。お互いに目が合う。そしてお互いのギターに気が付く。彼女が微笑んだ。俺は思い切って声をかけてみた。すると彼女も俺がギターを弾いているのに気づいた。しばらく、たわいもない話をした後、お互いのギターの演奏を聴きあった。そして最後には、俺が日本の歌を教え、彼女にオレゴンの歌を教えてもらった。彼女の名はニーナ（仮名）。二人の間にはもう、言葉の壁はなく音楽があればよかった。別れ際に電話番号を聞いた。この日の俺はもうウキウキだった。

　俺は彼女に電話をするかどうか、2日間迷った。何せ、使うのは英語、しかも電話をするということはデートの誘いである。緊張で手は汗まみれだ。プッシュホンのボタンを押す。彼女が出る。もう何をどう話したかは覚えてないが、デートを取り付けることができた。翌日俺たちはまたキャンパスでギターデートをした。俺が思い切ってこれからも会ってほしいと言うと、彼女が困った顔をした。しばらくの沈黙。そして、彼女は、俺のことは好きだけど。恋人としては付き合うことができないと言った。何と彼女にはもう、婚約者がいたのだ。俺は言葉を失った。俺のアメリカでの初恋は、たったの1週間で終わったのである。

　大学が企画してくれた様々なイベントや日本にはないドラマの授業や放

課後のスカッシュ（室内でテニスのようにボールを打ち合うスポーツ）を
その留学中に体験した。

　帰国する頃には俺ももう、似非（えせ）アメリカ人になっていた。そし
てこの留学で学んだこと。それは日本の英語教育は「英語を聞く・話す」
においては全く役に立たないこと。大切なことは分からない時は分からな
いといい、その時は質問してお互いの理解を図っていくことが大切だとい
うことだ。そして、この留学で俺は英語が話せるという武器を手に入れた。

3　ゼミが消えた日

　帰国後、大学３年生になった俺は、公認会計士になろうという気持ちが
冷めてきていた。年が明け、１月の寒い日、ゼミの先輩から自宅に電話が
入った。「川村君、実は山根先生が亡くなった。今週の土曜日がお通夜で、
日曜日が告別式だ。山根ゼミはそれのお手伝いをすることになった。君も
手伝ってくれ。」青天の霹靂だった。当然、ゼミは解体となった。この時点
で「公認会計士になる」という夢は儚く消えたのである。

　そして学校側がゼミの移籍を図ってくれると言う。俺はそこで考えた。
もし他のゼミに移るとすると、４年生でありながら、新３年生と同じとこ
ろから学ばなくてはならない。それってメリットがあるのかと。

　俺の出した結論は、他のゼミには移らず、新しく手に入れた英語力を生
かし、国際部の聴講生になり、さらにこの武器に磨きをかける事だった。
幸い青山学院には留学生の所属する国際部と言う学部があり、そこでは、
英語でいろいろなことを講義している授業があるのだった。

　俺の夢は「公認会計士」から世界を股にかけて活躍するジャパニーズビ
ジネスマンに変わったのだ。

4　家庭教師

　英語を駆使して世界を股にかけて活躍するジャパニーズビジネスマンを
目指し、英語の勉強に力を入れ始めたころ、バイト先で、家庭教師を頼ま
れた。高校２年生の女の子である。なぜ家庭教師が必要なのと聞くと、英
語で赤点を取ってしまい、次の追試に合格しないと高校３年生に単位が足

りず高校３年生になれないと言う。一瞬迷ったが、せっかく手に入れた武器が役に立てばと引き受けた。条件は週に２回家庭訪問をして２時間英語を教える事だった。追試までは、１か月、不安がありながら引き受けたが、その不安が的中した。彼女は英語の基礎ができておらず、教えてもすぐ忘れる。１週間に２回で４週間の８回では、学力を伸ばすことができない。俺は覚悟した。この子を高校３年生にしてあげるために、最初の週こそ２回だったが、家庭教師代はそのままでいいと言って、翌週からは、ほぼ毎日通った。さすがに毎日勉強していると問題ができるようになってくる。忘れる暇がない。時には３時間以上に勉強時間が延長になる。これはもう、アルバイトではなくミッションだった。家庭教師が終る。翌日が追試だ。その日のうちに合否がわかる。

　俺は、どうしても結果が気になり、追試の日の夕方に彼女の家を訪ねた。「こんばんは、川村です。Ｎちゃん、どうだった追試？」すると大きな声で泣きながらＮちゃんは、玄関口に走ってきた。涙で、笑顔がもうぐちゃぐちゃになっていた。「**受かったんだね、おめでとう。よかったねえ。**」俺の口からすごく大きな声が出た。「うん、合格した。私高校３年生になれる。ありがとうお兄ちゃん、本当にありがとう。」胸が熱くなった。そして彼女は俺にこう言った。「**お兄ちゃん、私たちみたいな生徒が待っているのは、お兄ちゃんみたいに生徒を絶対見捨てない先生なんだ。だから、なりなよ先生に、なって先生に。**」俺の心の中をものすごく熱いものが込み上げてきた。『なんだ、この感動は、この胸が張り裂けそうな気持は』

　この時だった『先生になるのもいいかもな』と思い始めたのは。

5　えっ、アイドル？

　大学４年になった俺は、教育実習の時期を迎えた。もちろん、大学１年の時は先生になるつもりなどなかったが、欲張りな俺は取れる資格は何でも取っておこうと思って教職課程も取っていたのだ。それがあの家庭教師の体験とリンクしていくとは思っていなかった。

　大学４年の９月俺は、都立の商業高校の教育実習に行くことになった。ところで商業高校と言うのは、一般的に女子の方が多い。この学校も７割

119

が女子だった。さらには、この商業高校の男性教師は年配の教師が多く、そこへ若い男性の大学生が来るのだ。その歓迎ぶりを想像してみてほしい。

まず、実習1日目にたくさんの女子高生がどんな先生（大学生）が来ているのかと実習生の控室に押しかけてくる。なんか動物園の動物になった気分だった。そして1日目に実習担当の先生から各クラスで紹介を受ける。

翌日、正門をくぐると俺は目を疑った。なんと窓から身をのりだして、女子高校生が俺の名前を大きな声で呼ぶのである。「川村先生、川村せんせーい！」黄色い声援が学校中に響く。それも一人二人ではない、担当することになるクラスの女子全員が大きな声で挨拶してくるのだ。俺は「**えっ、俺アイドル？**」と思うほどだった。

しかし、喜んでばかりもいられなかった。俺の担当の先生はこう俺に言い放った。「じゃあ、明日からの授業は川村さんが自由にやっていいから。」「えっ、あ、はい。」「これが教科書だから、大丈夫、みんなあんまり聞いてないから。」俺は耳を疑った。普通は何度か実習生に授業を見せてから教育実習生に授業をさせるのだ。俺は2日目から一人で授業することになった。しかも指導の先生は授業を見に来ない。俺は開き直ることにした。

いきなり冗談をいい、恋バナも話し、クラスが乗ってきたところで授業に入った。しかも中心はペア学習。俺がアメリカで習った方式だ。生徒たちにとっては新鮮だったと思う。

俺は日本の英語教育の方法が間違っていると思っていたから、彼らが今まで受けたことのないような授業を繰り広げた。クイズ、ゲーム、英語の歌、会話。最初こそ戸惑っていたが、毎日笑いの絶えない授業を繰り返した。ただ、これを行う上でも一つ問題があった。それは担当の先生が俺を2日に1回飲みに誘うことだ。俺は毎日授業である。家に帰ると夜中までの教材研究が待っていた。

俺は、担当するクラスが大好きになっていた。教えることが面白くて仕方なかった。ちょうど教育実習の初めての日曜日が商業英語のテストを学校でやることになり、俺はアルバイトに駆り出された。俺は調子こいて、生徒に、明日アルバイトしてお金が入るからお前らにジュースおごってやると言ってしまった。生徒はもちろん大喜び、そして約束通り月曜に生徒

にジュースをおごってやった。生徒はもう狂喜乱舞である。さすがにこの日、担当の先生が教室に来てうるさいと注意を受けた。

　俺の人気は日が増すごとに、高まっていった。休み時間ごとに、いろいろな生徒が俺に会いに来る。ただ、実習生の控室には俺を含めて４人の実習生がいるから、生徒には他の先生の迷惑になるから、少しは遠慮してくれと言うと「はーい」と言うものの、また来る始末だ。そのうち高校２年生を教えていたのだが、高校１年生まで来るようになった。

　その時だ、「先生、困ってるの？」と声をかけてきた高校１年生がいた。Ｓさんだ。「うん、毎日たくさんの生徒が来て少し困ってる。」「そっか、わかった、私が１年生は何とかしてあげる。」「頑張ってね、ピカイチ先生。」「えっ、ピカイチ先生って俺の事かい。」「そう、光一でしょ。だから光はピカって光るからピカイチ先生だよ。」「ああ、そっか、うん、いいアダ名だ。気に入った、ありがとう。」

　翌日から高校１年生がほとんど来なくなった。Ｓはどうやら高校１年生のリーダーらしい。ただ、Ｓは時々顔をだした。それでも高校２年生が来ていると、悔しそうな顔をして帰っていく。俺も複雑な心境だ。

　研究授業の日を迎えた。生徒は俺に協力する気１２０％だ。英語で挨拶をして授業が始まった。指導案も準備も万端である。俺が「じゃあ、次は‥」と言うや否や、生徒の一人が「先生、まだ宿題の答え合わせが終ってません。」と言ってきた。俺は一瞬迷ったが「そうか、そうだね、じゃあ答え合わせからやろう。」　思いのほか答え合わせに時間がかかり、俺の研究授業はボロボロになった。後で教職課程の人にきいたことだが、「川村君、教育実習でＢと言う評価はめったにつかないよ、何かあったの。」と聞かれ「いえ…なにもありません。」と答えるしかなかった。

　教育実習最後の日、生徒たちは俺に花束と色紙を用意してくれた。担当の先生がいうには、生徒が自主的にここまでやるのは初めてだと言っていた。「先生、がんばってね」「先生になってね」「なれよ、センコーに」「待ってるよ先生、約束忘れんなよ、川村さん」生意気な奴らだったが、あったかいハートを持った奴らだった。「**ああ、約束する。俺は先生になる！**」と思わずでかい声で言ってしまった。俺の心の中でもう一人の俺が『おい

おい、世界を股に変えるジャパニーズビジネスマンになる夢はどうすんの?』と問いかけてきた。

6　社会人1年生

　俺は、ものすごい後悔に苛まれていた。それは7月にあった教員採用試験をほとんど勉強もせず受けてしまったこと。俺が教育実習をしたのは9月。つまり試験が終わってから、教師になろうと言う気持ちに火が付いたのである。予想どおり、9月末にわかった教員採用試験の結果は不合格。

　さすがの俺も参っていた。教育実習で教えた高校生や家庭教師をした女子高生にどう言い訳がたとうか・・・。

　そして、俺はこう決断した。もし俺が今年教員採用試験に受かったとしても、こんな甘ちゃんでは教師は務まらない。一般社会で3年間働いて、それから教師になることにしようと。

　俺は、もう一度、人生の舵を切った。一度、会社員になると。どうせ就職するなら洋服の会社がいいと思い、アパレル業界の会社を受けた。就職活動が始まる。そして最初に採用通知をくれたイトキンに就職することにした。イトキンを気に入っていたのは、本店は原宿にあり、支店がパリにあること。フランス語はできなかったが、英語は生かせると思ったからだ。

　3月からイトキンの研修に入った。のんきな俺は、自宅が渋谷なので絶対に渋谷本店勤務だと勝手に思っていた。研修が終わり辞令の発表である。一人一人名前が呼ばれ勤務地が発表される。『川村光一　仙台支社勤務を命ず』　俺は一瞬頭が真っ白になった、ろくな返事ができなかった気がする。「なぜ、仙台、仙台って何県だっけ、えっ福島、宮城?」多くの?が俺の頭を駆け巡った。

　1週間後、俺は仙台にいた。朝8時半から夕方7時までの勤務。新任から5年目までは寮生活。8畳の部屋に6人で寝食を共にする。ほとんどプライベートはない、まるで高校の合宿所と変わらない。新任の仕事は、洋服の倉庫からの棚卸しと段ボールに詰めた洋服の各デパートや洋装店への配達である。一言で言えば肉体労働だ。洋服も大きなダンボールに詰めると結構重い。毎日が筋肉痛だ。時間がある時は倉庫の掃除だ。45分の昼

休み以外は、休みはない。それでも、体力のある俺は何とか耐えた。

　しかし、俺には一つ誰にも言えない秘密があった。大学卒業時に教員免許はとったものの、それは英語の中学２種の免許だった。高校と中学１種の免許を取るために、俺は、卒業と同時に青山学院の聴講生の申請をしていたのだ。授業があるのは土曜の夜。だから俺はいつも土曜日の午後東京に帰り、２時間毎週授業を受けていた。ただ、会社が繁忙期になると、毎週帰ってもいられない。そこでまた決断の時が来た。この生活を続けていると、３年間ここで働いても、英語の教師になれなくなってしまうかもしれない。俺はイトキンを辞める決心をした。５月になると、土曜日に帰るごとに本社の人事課に行き、退職したいと申し出た。まだ会社に入り１か月半だ。当然、反対される。この話が仙台の支店長の耳にも入る。それを先輩たちが聞く。その次の日から、先輩の説教が始まった。仕事が終わると俺は先輩たちに呼ばれた。「川村、お前は何のためにこの会社に入った。先生になるために入ったのか。」「ふざけるのもいい加減にしろ、お前が研修を受けたのもタダじゃないんだぞ、会社の金使ってやってんだかんな。」俺は、唇をかみじっと先輩の話を正座をして聞いている。また土曜日になると原宿の本店に行き、辞めさせてくれと頼む。人事部の人がこう言い放つ。「まったく、教員免許持っている奴は、だから信用できないんだよ。」「俺はな、お前のその真剣な目でこの会社でぜひ働いてみたい、アパレルで自分の力を試してみたいっていうから雇ったんだぞ。」「ありがとうございます。ですが、俺の夢は、最終的には先生になることなんです。」「いいか、川村、仙台支社に飛ばされてるやつは、確かにきついかもしれないが、だから幹部候補生とも言われてるんだ。それをも棒に振るお前はバカだよ。５年頑張れば、こちらに戻してやる。それでどうだ。」

　しばらく沈黙が続く。「そんなに、先生になりたいのか。」「はい、先生になりたいです。」「話にならん、もう帰れ。」そして土曜の午後の授業を受けて日曜に仙台に帰る。そんな日が１か月続いた。

　６月初旬、支店長に呼ばれる。「川村君、そなに先生になりたいんか。」「はい、先生になりたいです。」「そやかて、すぐに、『ほな』そうですかと辞めさすわけはいかんのや。本店の人事部はなんていってはります？」「今

123

やめさせるわけはいかないと。」「そやろな。川村君、どのくらい本気なんや、先生になる覚悟は。」「俺は絶対に先生になります。俺を待っている生徒がいるんです。」「困った奴や。わかった、この６月真剣に働いてみぃ、その様子見てお前の覚悟を判断したる。そしてその覚悟ほんまもんとわかったら、俺が本店にかけあってやるわ。」「ほ、本当ですか。」「ああ、男に二言はない、お前の目はまっすぐや、チャンスをお前にやる。」「ありがとうございます。」翌日から俺は今まで以上に働いた、もちろん先輩の説教は続いたが、もう気にならなかった。一筋の希望の光が見えたからだ。そして俺の働きぶりを見ていた先輩たちも、もう説教をしなくなった。どうやら支店長から話があったらしい。

　６月下旬、支店長に呼ばれた。「川村君、わしの負けや、お前は本物や、６月いっぱいでお前のここでの仕事は終わりや。その代わり、先生にならんかったら承知せぇへんでえ。」支店長は優しく笑っている。俺は涙を流しながら何度も何度もお礼を言った。

　東京に帰る前日、支店長を含めみんなが送別会をしてくれた。勝手に辞める社員を送別するなど前代未聞である。彼らは口々に「頑張れ、川村、絶対に先生になれよ。」「いい先生にならないと許さんぞ。」「川村、お前いい根性してるよ。」俺はもう申し訳ない気持ちと感謝の気持ちで心が張り裂けそうだった。今これを書いている俺も涙を流しながら書いている。

７月１日俺は東京に帰ってきた。７月末にある教員採用試験に向けて試験勉強を始めた。ここのところ、ろくに勉強はしてない。でも俺はたくさんの生徒の思いと家庭教師をしたあの女子生徒との思い、そして仙台支社の人たちの思いを背負っている。絶対に合格しようと覚悟を決めていた。当時ベットタウンとして埼玉県は採用人数が桁違いに多かった。睡眠時間が３，４時間で取り組んだ。そして俺は、ついに教員採用試験に合格した。

　昭和５６年（１９８０年）４月、俺は晴れて埼玉県の英語教師になったのである。そう、金持ちになるには程遠い教師の道を歩むことになったのだ。

第4章　Mr.川村　熱血編　学校は感動の宝庫だ
What can you give up to get what you really want？（覚悟はいい？）
You pave the way for yourself！（自分の人生を生きていこうぜ！）

1　授業開き

　教室のドアを開ける。すると中学1年生
40人の視線が俺に注がれる。初めて受け
る英語の授業への期待で瞳がキラキラして
いる。『ああ、俺は中学校の英語の先生にな
ったんだなあ』という実感に包まれた。

　「Good morning, I am Koichi Kawamura. Your English teacher.」
生徒は突然話し出した俺の英語を聞いて、きょとんとしている。「うん、僕
が君たちを教える英語の先生、ミスター川村だ。」生徒の顔に笑顔が戻る。
「じゃあ、まず英語であいさつをしようね。先生が Good morning,
everyone.と言ったら Good morning, Mr. Kawamura.と言ってくれ。」生
徒はまだ戸惑っている。「残念、みんなもう少し大きな声を出そうね、そう
大きな声を出すとストレス解消にもなるし、お腹も減るから給食がおいし
くなるぞ。」生徒に笑顔が戻る。さすがにこの前まで小学生だっただけあっ
て、素直である。すぐに大きな声になった。

　「ところで、みんな、なぜ英語を勉強するかわかるかな。」「はい、英語
は勉強しなくてはいけない教科だから。」「高校に行くのに必要だから。」
「将来役に立つから。」「なるほど、そうだよね、それも正しいと思う。じ
ゃあ、この地図を見てくれるかな。」OHP(Over Head Projector)でスクリ
ーンに地図を映す。OHP とは透明なシートに書いた絵や文字をスクリー
ンに拡大して映すもので、今のプロジェクターの元祖みたいなものだ。イ
ギリス、カナダ、オーストラリア、アメリカなどが赤く染まっている。「こ
の赤く染まっているところはどんな国で、赤く塗ってあるはどんな意味だ
ろう。」早速一人の生徒の手がある。「先生、英語を話す国ですか。」「その
通りだ。よくわかったねえ、じゃあ、これを見て、このピンクに染まって
いる国はどんな国なんだろう。」しばらくの沈黙。一人の目を輝かせた男の

子が手を挙げる。「先生、そのピンクの国も、英語を話している国ですか。」「その通りだ、このピンクの国は、もちろん母語、つまりその国の言葉もあるんだけど、英語も使われているんだよね。」「あれ、よく見ると日本だけ、青く塗ってあるよね、なぜだろう。」「先生、簡単です。日本語を話す国は、日本しかないからです。」「大正解だ。さあ、ここまでわかってきていよいよ最後の質問だ。先生はみんなに何を言いたいんだろう。」「・・・そうか、先生は日本語は日本でしか通用しないけど、英語ができればいろいろな国でも話ができるってことですね。」「君たちは天才だね。よく気が付いた。そう英語は世界共通語なんだよ。」「ここからは、先生の考えなんだけどね、日本は残念ながら地下資源つまり石油や鉱石、天然ガスなどは乏しいんだけど、この小さな国に人はたくさんいる。つまり日本は人が資源なんだ。だから英語ができれば、多くの日本人が世界で活躍できるんだよ。そうするとね、外貨といってたくさんの外国のお金を日本に持ってくることができるんだ。」「先生、そうすれば、日本がお金持ちになると言うことですね。」「そうさ、英語ができるようになると、日本が豊かな国になる助けになるんだよ。」生徒たちの表情から納得しているのがわかる。「もちろん、お金がすべてじゃないよ。心の豊かさも必要だからね。でも英語がわかれば、世界の人とも仲良くなれるんだよ。実際、先生にはアメリカとイギリスに友達がいるんだ。」子供たちの目がまたキラキラ輝きだした。

　「さて、前置きはこれくらいにして授業に入ろうか。ではまずお互いに自己紹介を英語でしよう。　My name is Koichi Kawamura. I like katsudon（かつ丼）I don't like tomatoes. さあ、先生の好きなものは何かな。」「はい、かつ丼です。」「その通りだ。じゃあ、嫌いなものは何かな。」「トマトですね、先生。」「えーっ、トマトおいしいのに。」「先生、トマトは体にいいんだよ。」「はは、そうだよね、でもトマトは苦手なんだよ。さあ今度は君たちの番だ。」　My name is ～.I like ～. I don't like ～.の練習を各自させた後、一人一人発表する。堂々としているものや小さい声のもの、たどたどしく、恥ずかしそうに発表するもの。でもみんな生き生きしている。クラスの雰囲気もとても温かい。

　「さあ、じゃあ、次は英語の発音について少しお話をしよう。」机をさし

て「これは英語でなんて言うの。」生徒は大きな声で「デスク」と叫ぶ。次に鉛筆をさして「じゃあ、これは?」さっきよりも大きな声で「ペンシル!」「残念、二つとも違います。」教室の大きなどよめきが起こる。よーく聞いてね。これはね（机を指して）『デスクッ』そしてこれは（鉛筆を指して）『ペンスル』ネッ、違うでしょ。」生徒の中にはまだ不思議そうな顔をしている生徒がいる。「よし、わかった。それじゃあ発音の違いをティッシュを使って証明しよう。みんなテッィシュを一枚出して。」みんなおもむろにティッシュを取り出す。「OK、次にティッシュを口の前に持ってきてね、そうだ。じゃあ、まず先生がお手本を見せるよ。」ティッシュを口の前に持ってきて、『ペン、ペン』と日本語で発音する。するとほとんどティッシュは動かない。「さあ、今度は英語の発音をするよ。」勢いよく息を吐きだすように『ペン、ペン』と発音する。するとティッシュは大きく、口の前で跳ね上がる。続いて英語の発音でペンペンとやるたびに、ティッシュはめくれ上がる。「わかったろう。これが英語の破裂音という発音なんだ。さあ、やってごらん。」

　もうこれで、教室中は『ペン、ペン』の大合唱だ。しばらくして俺は突然生徒にこう言い放つ「ごねん、この練習をするときに、大切な注意をするの忘れてた。」一瞬、ペンペンの合唱が止まる。「それはね、ペンペンと言う時は、前の人に唾を飛ばさないこと。じゃないと前の人の首筋は唾でベチョベチョになるんだ。」教室にどっと笑いが起こる。

　この後、本格的なアルファベットの練習をして英語の授業開きは終わる。

　もうこれで、生徒たちは次回の授業を楽しみに待つ。

2　新しい英語の授業スタイル

　そもそも俺の英語の授業は、今までの英語の授業の全否定から始まっている。学生時代から、英語を読んで日本語に訳しての授業ではだめだと思っていた。だから先輩の授業は参観させてもらうものの一切参考にしなかった。まさに２１世紀に向けた授業を目指したのだ。それは『楽しくて英語力がつく授業だ』だから、俺は授業に英語の歌、ゲーム、クイズ、ペア学習、グループ学習をふんだんに取り入れた。雑学もどんどん取り入れた。

生徒たちが一番納得してくれた雑学はカバの英語名であった。「先生はさ、疑問に思うとすぐに調べるんだよね。みんな『たべっ子どうぶつ』と言うお菓子があるでしょ。あれはクッキーに英語名が書いてあるんだよね。それでね、犬は dog　猫は cat　ライオンは lion　サルは monkey のように短い名前なのになぜカバだけ hippopotamus(ヒポポタマス)という長い名前なんだろうって。」「ああ、ほんとだ、確かに長いね、先生。」「でね、調べてみたんだ、その語源を。そしたらね、そうだ、みんなカバって漢字で書けるかな。」

「あっ、僕書けるよ先生、河に馬って書くんでしょ　河馬。」「その通りだ。よく知ってたね。でね、実は、古代ギリシア語では、hipo って『馬』っていう意味で potamus って『河』って意味なんだよ。だから『河馬』、ヨーロッパにはカバはいないだろう、だから川にいる馬と言う名前を付けたんだよ。」「へえー。」と言う声が響く。俺はこの驚きだったり、納得したりする声が大好きなのだ。こうして英語好きがどんどん増えていった。

　最近では、中学生や高校生を教えているのでこんな問題も出す。
「さて、これから黒板に書く単語を見て何か気が付くことがあるかな。」
　黒板に　"telephone　television　telegram　telescope"と書く。
「tele が共通しています。」「なるほど、じゃあ tele とはどういう意味だろうね。」しばらく沈黙が続く。「質問を変えるよ。電話は、すぐ見える位置にいる人にするかな。望遠鏡は、すぐそばにいる人を見るのに使うかな。テレビってさ・・・・」「わかった、遠く離れているって意味ですか、先生。」「そうだ、その通りだ。いいかい、語学の勉強には、この気が付くっていうことがとても大切なんだ。そうすると単語自体に興味を持つようになるからね。」こういう教え方をしていると高校生からでも英語の学習が好きになるのである。

　後もう一つ英語の授業をしていく上で大切なことを伝えておきたい。最近やっと帯学習というものが定着してきた。授業の中で、５分か１０分の時間を使って毎時間同じ言語活動をするのである。そうすると繰り返すことによって定着度が増すのだ。俺が発明した弾丸インプットはまさにそれだ。インプットしたい英文の定着率が抜群に高くなる。

話を中学校へ戻す。この知的好奇心を高めることと重要な文の定着をベースにアウトプット活動も充実させた。それがイングリッシュサロン。４人一組になり、順番に一人ずつ、他の３人の質問に答える練習である。弾丸インプットで疑問文もインプットしてあるので、スムーズに行える活動である。そしてこのアウトプットこそ、効果的なインプットの役割もするのだ。この新しい学習スタイルは生徒の聞く・話す力を飛躍的に伸ばしていく。これが日本全土に広まってくれれば、日本の英語教育も飛躍的に伸びていくと自負している。

3　最高の英語授業

　平成元年に久喜市教育委員会に委嘱されて行った研究授業こそが、俺の英語教師人生の中で最高の英語授業であった。それは終始一貫して、英語を通して楽しみ、学習し、英語力を伸ばせる授業だったからだ。

　授業の流れはこうだ。①英語であいさつ②英語の歌（country road）③英語のスキットを見る　④弾丸インプット（買い物編）⑤ショッピングゲーム⑥プリント学習（実際の会話や買ったものを英語で表現する）

　まずはスキットを紹介しよう。実は研究授業の前に、Ｏさん（一人の女子中学生）に手伝ってもらってこのスキットをクラス生徒の前で見せた。

T（川村）S（中学生女子）　A:ALT(ネイティブの英語の先生)

T:Hello, everyone.　I'm Koichi Kawamura.　I am good at English.

S:Hello, my name is Ayako.　This is my father, Koichi.

　He speaks English very well.

T: Of course.　I speak English very well.

　Oh, Ayako.　Look at that.　It's Ms. Doughnuts.

A: Hello, may I help you?

T: Yes.　We want doughnuts.

A: OK.　How many?

S: What does "how many" mean, daddy?

T: Well.　Oh, how, how are you?　I think.
　I'm fine thank you, and you?

A: What?　No, no.　How many　1,2,3,4・・・　How many?

T: How many?　How?　Oh, how! 1, 2 ,3,4　I got it.　I'm 40 years old.

A:What？　No, no, noooo!　How many doughnuts do you want?

S: I got it.　We want three doughnuts.

A: Oh, you speak English very well, little girl!

T: Oh, boy!!!

　生徒も観ている英語の先生も、そして教育委員会の先生も大爆笑だった。
生徒はその場面とスキットの内容を英語で理解して笑っているのだ。
　そう、まさに英語が言葉として生きている言語活動なのだ。
次に、弾丸インプットで販売員とお客さんに分かれた練習をした後、教室
を出店とお客さんにわけて手製で創った商品とお金で買い物をするのであ
る。もちろんお釣りの渡し方もアメリカ風に。

　活動の確認も英語で行う。T: teacher　　S: student

T:What did you buy？

S:I bought hats.

T: I see. How many hats did you buy?

A: I bought 10 hats.

T: Really? Why?

A: I like hats.　And presents for my friends.

T: That's great.

　中学１年でこの程度の会話をスムーズにかわす。当時はこれだけでも画期
的だったと思う。何せ今から３５年も前である。参観に来ていた先生方は
驚いていた。当時は過去形は中学２年生から習うという文法シラバスさえ

ぶち壊していたからだ。生徒は愉しくてたまらず授業を受けている事さえ忘れてしまうほどの授業、それでいて英語力がついている。これこそが最高の授業だと俺は思っている。

4　学級崩壊と不登校

　　教員2年目、俺は晴れて中学1年生の担任となった。もちろん初担任に俺は燃えていた。俺のクラスは元気でうるさかったものの、素直で面白い生徒が多かった。授業は昨年同様絶好調だった。不慣れで連絡不足などがあったものの生徒とはまさに運命共同体のごとく愉しい日々が過ぎていった。夏休みなどは、学区内に住んでいたため、毎日のように生徒が自宅に遊びに来る始末だ。それでも俺は幸せだった。しかし、2学期になってから少しずつクラス経営にひびが入り始めた。中学1年生も中学校での緊張がほぐれ、わがままが出始めたのである。時々消しゴムや鉛筆がなくなるという事件が起きた。多分やっている本人はいたずらのつもりでやっているのだろうが、やられている本人は当然、悩み心が重くなる。だんだんわがままな生徒が増えてくると教室は汚れ始めた。掃除をさぼる生徒がでてきた。俺はこのままではまずいと生徒を指導、いや怒ることが多くなっていった。初めのうちは素直に聞いていたが、怒られることが頻繁になってくると、怒られることに慣れてくるばかりか、きちんとやっている生徒が、なぜ俺たちはちゃんとやっているのに怒られなくてはならないのかと少しずつ反発の気運が流れ始めた。

　　そんな時、一人の生徒が不登校になり始めた。とても真面目でおとなしい女子生徒だった。二日続けて休みの日はその子のうちに車で迎えに行き、学校に連れてきた。下を向いたまま、車に乗り、そのまま学校にいても一言も話さずに家に帰っていく。俺が、学校に来たくない理由を聞いても何も話してはくれなかった。

　　その生徒が3日続けて学校に来ないので、また、家に迎えに行った時の事である。彼女は、俺の車の音がわかるようになっていた。俺が家庭訪問するとトイレに隠れてしまった。「なあ、○○さん、先生と学校へ行こう。」すると、その日は大きな声でトイレで泣き叫んだ。「いやだ、絶対に学校へ

は行かない。絶対にヤダ！」「みんな、心配してるぞ。」「嘘だ、みんな私を
バイ菌を見るような目で見てる。」「そんなことないって。」お母さんが出て
きた。「先生、今日はどうかもうお帰り下さい。」「わかりました。」俺は落
ち込んだまま学校へ帰った。教育相談の先生にアドバイスをもらいに行っ
た。「川村先生は、なぜその子が学校を嫌がっているかわかってるの？」「い
え、聞いても理由を教えてくれないんです。」「今、先生のクラスの雰囲気
はどう？」「はっきり言ってよくないです。」「そうか、じゃあ、まずその子
がなぜ学校へ行きたくないかを突き止めないとね、そして学級経営の見直
しをした方がいい。」「わかりました。」本人が理由を言わないとなると、ど
うすればいいんだろうと考え、一つ思いついた。『そうだ、彼女と小学校の
時に仲の良かった女子がいるはずだ。Ａ子に聞いてみよう。』放課後、Ａ子
を呼び出した。「実は、聞きたいことがあるんだ。〇〇さんが、学校にきた
くない理由わかるかな。」「えっ、先生わからないんですか。」「えっ、うん」
「彼女男子の一部から嫌われて、からかわれたり、いじめられたりしてる
んです。」『うっ、友達がいないとは思っていたが、いじめられていたのか』
「この前、掃除の時間、先生がいない時、彼女がベランダの掃除をしてい
ると、男子たちがドアに鍵をかけて彼女が教室に入れないようにして笑っ
ていたんです。」「なんだって！」「それで先生が来たのを察した誰かがドア
のカギを開けて、彼女は泣きながら教室に入り、そのまま帰ってしまいま
した。」俺は自分を責めた。俺は何を見ていたんだ、担任として失格じゃな
いか。それと同時にそのいじめをした男子たちに猛烈に腹が立った。
　翌日、１時間をかけて、すごい勢いで説教をした。俺が話し終わったと
き小さな声が聞こえた「チッ、誰だよ、チクったのはよ。」
　この日以来、今度は俺への反発がひどくなった。ゴミは散らかす、掃除
はさぼる、宿題はやってこない。そうするとまだ指導と言う名の俺の怒号
が響く。ますますクラスは暗く重い雰囲気になっていった。
　そんな中、ある女生徒の制服がなくなった。いつものごとく説教を始め
たが、もう誰も聞いていない。冷たい空気が流れる。制服をなくした生徒
が「先生、もういいです。」と言って教室を出ていった。
　翌日、学校へ行くと教室のドアが壊れていた。ドアを蹴った後がある。

俺はもうどうしたらいいのかわからなくなった。完全に学級は崩壊していた。俺が通ると、あのモーゼが海を渡る時に、海が割れるがごとく生徒が俺から離れていく。俺も半分ノイローゼ状態で、学校へ行くのが苦痛で仕方なかった。俺はその時、ああ、彼女もこういう気持ちで学校に行きたくなくなったんだと悟った。心の中で深くわびた。あれ以来彼女は俺に会ってくれない。その代わり教育相談の先生が替わって訪問をしてくれていた。

　放課後、ドアを直そうとしていると、学年主任の本多先生がやってきた。手には板と大工道具をもっている。「川村先生、さあ、直そうか。」「はい。」俺は思わず本多先生に「本多先生、俺、教師に向いてないんですかね。」すると本多先生はきっと俺をにらんで「川村、お前先生になって何年だ。」「えっ、2年目です。」「たかが、2年で先生に向いてるか、向いてないかなんてわかるはずないだろう。5年たってもまるで役に立たない先生だったら、その時はいさぎよくやめろ！」「・・・」俺は歯を食いしばって涙をこらえていた。本多先生はいつもの優しい目になり俺にこう言った。「川村先生、お前はよくやってる。俺はお前を見てるからわかってる。こんなことで、やめるな。どうしても先生になりたくてなったんだろ。」「はい。」「あと4年歯を食いしばってやってみろ。」「・・はい。」「さあ、早く直して部活に行こう、川村さん。」俺の肩をポンとたたいて、黙々とドアの修理を続けた。

　俺は思い出した。なぜ先生になったか。どんなクラスになろうと、このクラスの担任は俺しかいないんだと覚悟を決めた。

　俺は翌日から全体に怒るのではなく、休み時間を全部使って2者面談を行った。一人一人の困っている事、考えていることを指導ではなく、思いやりを持って聞くことにした。俺はサポートしてあげるというスタンスで2者面談を続けた。少しずつだがクラスが変わり始めた。激しく怒ることを辞めた。表現を命令ではなく依頼する形に変えた。反発が弱まる。学級通信で、立派な成績を収めた生徒や、親切な行動や思いやりの行動を褒めた。どういうクラスになってほしいか本音で書いた。だんだんと生徒の目線が柔らかくなっていった。そうか、俺は先生と生徒の間に一番大切なものを自分から手放していたのか、それは「信頼」だ。

　行動や結果の伴わない言葉は何の価値もないんだ。そして俺は学んだ。

『最初から、先生なんていない。いろいろな困難を乗り越えて先生になっていくんだ』スーッと肩から力が抜けた。すれ違いざまに，本多先生が、「がんばってるな、川村先生。」と言ってポンと肩をたたいてくれた。嬉しかった。また涙が出てきた。「そうだよな、俺は『良い先生になれ』とたくさんの後押しをもらってる、こんなところで辞めるわけにはいかないよな。」俺もそしてクラスも、少しずつ本来の明るさを取り戻していった。

5　俺たちの卒業式

　教員になって５年目、俺は異動して２校目にいた。中学３年の担任である。いまだに良い先生になれたとは言い難いがクラス経営はまずまずうまくいっていた。何せ、学年主任は、この学校でも本多先生なのだ。それが何よりも嬉しかった。ただ、俺のクラスには不登校の女子生徒が一人いた。１年生の頃、不登校気味になり、２年生からは一日も学校へ来ていないと言う。その女生徒を３年生で担任することになった。俺は不登校へのトラウマがあったが、今度こそ、その子の現状を打開して、少しでもその女子生徒が楽しい学生時代を送れるように工夫しようと決心した。

　　２校目の学校は、農村地区で、祖父母と一緒に暮らしている生徒が多い。１校目に比べて、生徒たちが穏やかでのんびりしているのはそのせいかもしれない。その代わり学力ものんびりしていて、学習意欲は低かった。

　学級経営もまずまずうまくいっている実感もあったので、道徳の時間に生徒たちに相談することにした。「みんな、聞いてくれ。みんなも知っている通り△△さんは、もうほとんど学校へ来ていない。でもな、先生は、何とか△△さんにも卒業式に出てもらいたいと思ってる。」「先生、それ難しいと思うよ。先生の気持ちわかるけど。」「うん、俺たち受験生だぜ、忙しいし、あんまり余計なことしたくないよなあ。」「先生、無理だよ、ヤッパリ、だって△△は２年の時１日も学校来てないんだぜ。」「来るわけないよ、いくら先生や俺らが話してもさ。」「じゃあさ、この中で１年生の時に△△さんと話したことある人いる？」「はい、私話したことあります。」「うん、じゃあ親しければ△△さんは話はできるんだよね。」「私、親しくはなかったけど、話はすると思いますよ。」「わかった。じゃあこれから先生の秘策

を話す。」「マジか、先生そんな秘策あるんですか。」「ある。いいかよく聞いてくれ。」「まず、△△さんが、学校へ来ることをあきらめる。」「はあ、意味わかんない。先生ふざけないで下さい。」「ふざけてない。俺たちが△△さんの家に行くんだ。」「出たよ、先生の無茶ぶりが。さっき、言ったじゃないですか、俺たち受験生で忙しいって。」「じゃあさ、質問を変えるよ」「お菓子食べるの好きな人、手を挙げて」全員勢いよく手を挙げる。「仲のいい友達と話をするのが好きな人。」またもや全員の手が上がる。「じゃあ、問題ない。」「先生言っていることがわかりません。」「ごめん、ごめん、よく聞いてくださいね。このクラスの 40 人のメンバーを 1 班 5 人の 8 つの班に分けます。分け方は君たちに任せます。　次に週に 1 度交代で、一（ひと）班が△△さんの家に先生と一緒にたずねます。だいたい 2 か月に 1 回だから、一人 1 年間でたったの 6 回だね。そしてその時、先生はお菓子を買っていきます。大きなどよめきが起こる。「先生、ということは△△さんの家でお菓子を食べるんですか、しかも先生のおごりで。」「そうだよ、しかも行く人は仲のいい人と行くんだ。ただし、条件が一つ。一言だけでも△△さんとお話しすること。手紙を書いて持っていってもいい。」「なるほど、それくらいなら俺やってもいいわ、お菓子食えるし。先生ポッキーよろしく。」「あっ、俺はうまか棒ね。」「先生夏はアイスがいいよ、俺ガリガリ君。」すごくうるさくなる教室。「わかったよ、後でリクエスト用紙をわたすからさ。」「さすが先生だね、太っ腹だよなあ、俺らの担任。」「お前らちゃっかりしてるなあ、でも他のクラスには内緒にしておいてくれ。俺が他の先生に怒られる。」「はーい。」

　こうして、△△さん卒業式参加プロジェクトが始まった。毎週交代で一班ずつ△△さんの家に家庭訪問？する。最初はお互いにぎこちなかったもののだんだんと打ち解けてくる。△△さんの家は実は父子家庭でお母さんがいなかった。だから△△さんが夕食を作っていた。すると、ある時△△さんがみんなのために焼きそばを作ってくれた。みんな大喜びで焼きそばを食べていた。△△さんも嬉しそうだ。お父さんもその様子を笑みを浮かべて見ていた。このプロジェクトで俺のお財布は寂しい限りだったが、この影響はクラスに笑顔をたくさんもたらした。俺のクラスはどのクラスよ

りも仲が良くなった。それは多分共通のプロジェクトをやっている自負心に原因があったと思う。みんなが思っていた、△△さんと一緒に卒業式に出ると。俺には以前、不登校の生徒の問題を解決できなかったという負い目があった。だから何としてもこのプロジェクトを成功させたかったのだ。

　そして、いよいよ卒業式前日を迎えた。俺は家庭訪問をして、△△さんとお父さんに明日の卒業式に来てほしいと頼んだ。お父さんは笑顔で涙を流しながら、やはりそれは無理そうですと言ってきた。△△さんも下を向いている。お父さんは俺に言った。「でもね、先生、本当に嬉しかったよ、だってさ、先生を含めクラスの生徒さんの顔を△△は全部知ってるんだよ、クラスメートって思えるんだ。本当に先生には感謝してる。でも明日の卒業式は、あんな人がたくさんいるとこにあいつは行けないんだ、勘弁してください。」「わかりました。でも△△さんは俺のクラスの生徒の一人ですから、卒業証書を明日持ってきます。」「はい、ありがとうございます。」

　卒業式当日、やはり△△さんは来なかった。卒業式が終わり、教室に戻り、卒業記念品を渡し、生徒に最後の挨拶をした。「この一年間、本当に愉しかったよ、先生は。残念ながらプロジェクトは成功しなかったけど、素晴らしい思い出ができた。△△さんも、彼女のお父さんも喜んでいた。先生はこれから△△さんの家に卒業証書を届けに行く。卒業おめでとう。」「先生、俺たちの卒業式まだ終わってませんよ。」「えっ。」「行くんでしょ、先生、△△の家、だったら俺らも行きますよ、全員で、そんでもって一緒に卒業写真撮りましょうよ。」「おまえら・・・」「さあ、行こうぜ先生、あいつのとこ。」「おう。」　俺のクラスだけさっさと片付けをはじめ、全員で△△の家に向かった。

　△△の家に着くとお父さんが驚いていた。「お父さん、あいつらが俺らの卒業式はまだ終わってないって。△△さんが入ってる写真撮るんだって。」

　生徒が△△さんを家から連れてきた。クラスのリーダーが手際よくクラス写真を撮る隊形を作る。まずは俺がカメラを構える。カメラのファインダー越しに生徒全員の笑顔が写る。△△さんも恥ずかしそうだが嬉しそうだ。次にお父さんにカメラマンをやってもらい俺もクラス写真に入る。

　学級担任として最高の卒業式だった。写真を撮ると、三々五々生徒は帰

っていった。お父さんの目は涙で濡れ真っ赤になっていた。「先生、先生、本当にありがとうございました。おかげで△△の卒業式ができました。」

　この瞬間不登校のトラウマが消えた。　そして思った。『やっぱり教師の仕事は最高だ！学校は感動の宝庫なんだ！』

6　部活動顧問

　俺は公立の教師生活の中で、いろいろな顧問を引き受けた。まずは女子バトミントン部、そして男女バレー部、さらには男女バスケット部、陸上部のお手伝いで砲丸投げの指導をしたこともあるし、教頭になってからも卓球部を引き受けた。しかし、実際に自分がこの中で学生時代にプレーヤーとしてやったことがあるのはバレーだけだった。どの部活動の顧問をやったときも、ものすごく強いチームは作ることができなかったが、きちんとした規律を持った部活動を創り上げたと自負している。そして、もう一つ自慢できることがある。それは、誰もが３年間部活動を辞めなかったことだ。辞めたいと言ってきた生徒も、『先生、続けてきてよかったです。』と言わせて送り出している。

　その中でも、ある学校の女子バレー部を持った時のことは忘れられない。

　その学校に異動が決まると、口々に「頑張れよ、川村。」とか「痩せるかもしれないぞ。」「お前なら、何とか大丈夫だよ。」という同僚の励ましを聞いた。俺はいったいどんな学校なんだろうと覚悟をして赴任していった。

　案の定、絵にかいたような不良がいて、毎日生徒指導のための会議が開かれるような学校だった。

　ある時、卒業生がバイクに乗り、学校の校舎前のロータリーを爆音を立てて、乗り回していた。そのとき、突然生徒指導の先生のワゴン車が奥から走ってきて、そのバイクを追いかけ始めた。面白がって逃げ回るバイク。大きなクラクションをならしながら校門を出ていく。それを、ものすごいスピードで追うワゴン。俺にワゴンの中から声がかかる。「川村さん、早く乗って！」「えーっ！」何と俺は走っているワゴンに走って飛び乗り、バイクを追いかけるのである。『ここは、テレビドラマの西部警察か！』。

その学校で任されたのが女子バレー部だった。校長から「大丈夫、バレー部は落ち着いているから。」と言われ、半信半疑で練習を見に行った。まだ顧問になったということは伏せて体育館に行く。体育館はがらんとしていた。その中で、どうやら2年生がバレーのコートを立てている。『よかった、普通の部活動だな。』しかし、3年生の姿が見えない。2年生に声をかける。「こんにちは、さっきから見ているとまだ3年生が来てないみたいだけど。」「はい、もう来ると思います。」「そうか。」するとそこに放送が入る。「先生方、職員会議です。職員室にお戻りください。」そこで、その生徒に「そうだ、朝練習はやっているの?」と聞くと「はい、毎日やっています。」
　「わかった、ありがとう。」俺は、それで体育館を後にした。
　翌日、朝練習を見に行った。相変わらず、2年生がバレーコートを立てている。『あっ、3年生がいるぞ。』、しばらく3年生は何をしているかと思えば、輪になって談笑している。『もったいないな、こんな時間の使い方は』そう思ったが、ここは落ち着いていかないとと思い、3年生に声をかける。「こんにちは、今年から女子バレー部の顧問となった川村です。よろしく。」部長らしい生徒が号令をかける。「全員集合。礼、おはようございます。」『おお、きちんとした部活じゃないか』俺は一瞬喜んだ。「うん、じゃあ、今日は先生は指示をせず、練習見てるから、いつものように練習してください。」「ハイッ。」練習が始まった。準備体操をした後、パスの練習が始まった。3年生はオーバーパスやアンダーパスの練習をしているが、2年生は周りで声出しをしているだけだった。『えっ、2年生はパスの練習をしないのかな?』少し不安がよぎる。次にスパイクの練習だ。この時も、2年生はただ単にボール拾いをしているだけだ、そしてロボットのように声出しをしている。スパイクの練習が終わる。3年生が休憩をしている時に2年生がパスの練習をしていた。『これじゃあ、いつまでたっても、強くならないな。』練習が終わる。部長が号令をかける。「集合。」部員が俺のところに集まってきた。「礼、お願いします。」「ありがとう、練習を見せてもらいました。きびきびと動いているところがいいと思います。ところで、君たちは、うまくなりたいですか。」「ハイッ。」「わかりました。では君たちを強くしたいと思いますが、しばらくは先生の指示に従って練習をしてもら

えますか。」部長が口を開く。「いいと思いますが、練習計画は、先輩から代々受け継いでいます。それではだめでしょうか。」「いや、全部だめというわけではないけど、もっと２年生にも練習する時間があったほうがいいかな。」一瞬、空気が張り詰める。「まあ、とにかく明日の朝練習から先生が指示を出すから、それに従ってやってみてくれ。」３年生の間に不安と不満の空気が流れる。「じゃあ、明日の朝練からね。」

　翌日の朝練習に顔を出す。相変わらず２年生がコートを立てている間、３年生は談笑している。イラっとする気持ちを抑え、部長に指示をして集合をかける。「おはようございます。それでは、まずこの１週間は先生が練習メニューを考えて、それに従ってやってもらいます。」「じゃあ、まずは、コートを５周ランニング、そしてダッシュ１０本、そしてターン、それからパスを１０分、先生がボール出しをするからレシーブ１０分、それで終わりだ。あからさまに、生徒に不満の表情が浮かぶ。「うん、どうした。練習の指示をしたろ、始めなさい。」生徒は指示通り練習を始める。パスになり、２年生は周りを囲み、声出しを始めた。「２年生も、空いている場所を探してパスの練習をしろ。」３年生の中に、どよめきが起こる。俺は強引に練習の指示をして２年生にもパスの練習をさせた。しかし、さすがに俺がボール出しをしてレシーブさせるところでは３年生だけにした。俺は、練習している間、ピリピリした空気を感じていた。

　約束の１週間が過ぎた。その日の練習を少し早く切り上げて、生徒に集合をかけた。「多分、言いたいことがあるだろうから、思ったことを言ってみなさい。」部長が口火を切る。部長は、体格もよく、リーダーシップもあり頭もいい。「先生、先生の練習はまちがっているとは思いませんが、今まで下級生はボール拾いと声出し、そして先輩が休憩している時に下級生がパスの練習をするという伝統があります。やはり、それに慣れているので、それでいきたいと思います。」「なるほど。ところで君たちは俺に『うまくなりたい』と言ったよね。残念ながらそれではいつまでたってもうまくなれない。確かに、今の３年生が２年生の時は、そういう練習をしていたんだろうが、だからうまくなれなかったんだよ。バレーボールはね、選手がどれだけ長い時間ボールに触れることができるかで、上達のスピードが決

まるんだ。」「どうする？」沈黙が続く。「それにね、君たちは基礎体力が弱い、あれだけのダッシュやターンで音をあげていたら、試合が長引いた時絶対に勝てない。」「でも、先生、私たちには、私たちのやり方があるんです。」俺には、わかっていた。今までは自分たちは３年生がいたから練習ができなかった、やっと３年生がいなくなり、自分たちが、いよいよ中心で練習ができると思ったら、２年生もボールを持って練習できるというのが、自分たちだけ損をしたみたいで許せないのだ。

「もう一度確認しよう。君たちは本当にうまくなりたいのか。」「それは、そうですが・・・」「はっきり言おう、今までのやり方では絶対に勝てない。今の３年生だけではない、２年生も来年勝てないだろう。それでいいのか。」重い沈黙に包まれる。「わかった、じゃあこうしよう。練習場所の確保もある。確かに２年生も全員パス練習をするとスペースがない。２年生は１週間交代で練習に入れ。それと２年生の〇〇と△△だけはスパイク練習に入れてやってくれ。」「先生、それは・・」「じゃあ聞くぞ、お前たち３年生は自分たちさえよければ、２年生はどうでもいいのか。来年のエースを育てる必要がどうしてもある。これは俺も譲れない。」俺の口調に引き下がるしかないと悟ったのか、３年生はそれ以上何も言わなかった。

翌日から、変な緊張感と重苦しい空気の中の練習が始まった。そこで俺は考えた。『実質的に、俺の練習で自分たちが実際にうまくなったという実感がないとダメだな。練習試合を組もう。そこで、勝たせるんだ。勝てなくてもいい試合さえできれば俺への評価も変わるだろう。』

練習が終わる。集合の号令を俺がかける。集まるのが遅い。「集まるのが遅い。お前たち向こうの体育館の壁まで下がれ、そして壁に手をついて俺の指示を待て。」しぶしぶ歩いて壁に手をつきに行く。俺が号令をかける。「集合！」さっきよりは少し早いが、まだ集まるスピードは遅い。「よし、もう一度、壁についてこい。集合する態度はチームの雰囲気づくりには欠かせない。やり直しだ。」また、しぶしぶ壁まで戻る。俺が号令をかける。さっきと同じくらいのスピードで集まってくる。その時、俺は思い切り吠えた。「だからお前たちはうまくなれないんだ！つまらないプライドや反発心で俺に反抗しても誰もうまくならないんだ。本気でうまくなりたかっ

たら、**俺への反抗的態度じゃなくて、練習態度で示せ！**」さすがに驚く生徒。もう一度壁まで戻る。今までの１０倍くらいでかい声で集合をかける。怒涛の如く集まる生徒。「なんだ、できるじゃないか（笑）」あっけにとられる生徒。生意気と言ってもまだ中学生だ。

　「実はね、来週の日曜日に練習試合をする。」顔を見合わせる生徒。「あれ、お前ら、うれしくないのか、試合ができるんだぞ。」部長が重い口を開く。「先生、私たち、公式戦以外は試合をしたことがありません。」「えっ、練習試合したことないのか。」さすがに生徒たちがかわいそうになった。だから本腰で練習ができないんだと思った。

　俺に対する反発の空気は残っていたが、目に見えて練習態度が変わってきた。人間は目標や目的が決まると態度が変わるのだ。俺は、３年生のエース（部長）と対角エースそして２年生の次期エースと対角エースの４人を呼んでスパイクとブロックの特訓をした。３年生が打つ時は２年生がブロック、２年生が打つ時は３年生がブロック。そして時々俺もスパイクを打った。俺のスパイクを見た生徒は驚いていた。実は俺は中学の時スパイカーだったのだ。スポーツの世界は、どちらかと言うと理論ではなく、実力の世界だ。生徒の俺を見る目が変わった。

　迎えた練習試合。生徒はガチガチに緊張している。しかし、練習試合を組んだおかげで、俺と生徒は味方となり、一丸となることができた。俺の指示にいつもより素直だ。仲間のスパイクが決まると大きな声で喜びの声を上げ、うまいレシーブは手をたたいて喜んだ。『そうさ、これがスポーツの醍醐味だ』１セット目、２セット目と取られた。３セット目も惜しいところで取られている。だが俺はその試合の中で相手のチームのレシーブの弱い生徒とポイントを見つけた。４セット目が始まる前に指示をする。「いいか、相手の後衛のライトに向かってストレートのスパイクを打て、ブロックされても構わない、もし打てなそうだったら、フェイントを落とせ。」「ハイッ」いい返事だ。

　生徒が俺の指示通りに後衛のライトへスパイクを打つ、そしてフェイントを落とす。点が入っていく。生徒の顔に笑顔が浮かぶ。「よし、いいぞ、それでいいんだ。」ついに４セット目を取った。

喜びにあふれた笑顔が俺の元に集まってくる。「よくやったな！」生徒は下を向いている。あれ、嬉しくないのかこいつら。よく見ると泣いている。「どうしてお前ら、何で泣いてるんだ、これ公式戦じゃないんだぞ。」「先生、私たち、今まで、先輩も含めてバレーの試合で一度も勝ったことがなかったんです。だから、嬉しくて。」思わず、胸が締め付けられた。この日から練習態度が変わった。もちろん、俺への反抗的な空気は残っていたが、練習に対して真剣さが増してきたのだ。

　俺は、女子の指導にもう一つ必要なことを思い出した。それはコミュニケーションの大切さだ。そこで俺は、バレーノートを作ることを思い出した。なかなか一人一人と話す時間がないからだ。もちろん毎日書くのは生徒も俺も大変なので、練習試合の時の後だけ書くことを決めた。これは思いのほか功を奏した。一人一人の生徒と繋がる手ごたえがあった。

　そんな中、俺はそろそろ良かれと思って２年生の練習を増やした。うまい選手は練習試合にも出した。ここで、また３年生の反感をかってしまう。それはそうだろう、自分たちが２年のころには試合にでるなど夢のまた夢だったろうから。

　やがて、３年生の最後の公式戦を迎えた。相手は強豪だった。負けはしたがフルセットを戦えただけでも素晴らしかった。もうあの弱小チームではなくなっていたのだ。『成長したな、お前ら』俺は心でそう呟いていた。

　学校に帰ると、引退式をやるのが常らしいのでそれに付き合うことにした。学校の体育館で、後輩から一言ずつと３年生一人一人に色紙が渡されていた。先輩からも後輩へ一言ずつ話があった。１年生はニコニコしながら拍手をしている。多分、この２，３年生は今までのどの年度よりも仲の良い先輩と後輩になれたことだと思う。俺がつまらない伝統の壁をぶっ壊したからだ。儀式が終わる。俺が３年生にねぎらいの言葉をかけ、引退式が終わるはずだった。すると部長が「先生、ちょっと待ってください。」「うん、何だ？」

　後ろ手に隠し持っていた花束が俺の眼に映った。「先生、ありがとうございました。確かに私たちは先生に対して失礼な態度を取ったかもしれませ

んが、今では心から感謝しています。」俺は青天の霹靂を食らった。俺は、多分、３年生からはすごく嫌われているだろうなと思っていたからだ。そしてこう続けた。「１，２年生のみんな、私たち３年生は先生に反抗的な態度をとってきたけど、先生は正しい。あなたたちは文句を一切言わず、先生についていきなさい。」「はいッ」

　俺は目頭が熱くなった。こいつらもわかってたんだな、でも俺のせいで悩んだんだろうな。『ごめんな、指導が下手くそで』と心の中で詫びた。３年生も泣いている、２年生も、そして俺も。

　ここから我がバレー部の快進撃が始まるのである。

川村先生へ。

　今、大きなケガもなく、無事に引退できることをとても
嬉しく思います。先生にはこの2年ところか月間、いろいろな
意味で大変お世話になりました。入部した当時のバレー
部は、先輩と先生の対立などがあって、先生としてはとても
つらかったと思います。そして私も、先生を避けるような態
度をとってしまったり……と反感をかうようなことばかりして
しまいました。そのころの私は先輩がそういう態度だったから私
も……というような考えでした。
　しかし、先生がある日先輩達に向かって、『朝練の時に
朝食を車の中で食べることだってあるんだ』と怒鳴りつけた
時に、先生の苦労がすごくすごく伝わってきました。小さい
子供をかかえ、そして家族の大黒柱である先生に私や先
輩のとった態度は正しいであろうか……。
　先輩が引退する時に言ってくれました。『先生の言うことをきい
ていれば、必ずいいチームができる。私達は、先生にとった態度
を後悔している。』と……
　それから私は部員として、部長として一生懸命先生について
きたつもりです。この一年は先生との対立より、仲間との対立
が激しく、とてもとても悩みました。そんな時の相談相手は
いつも先生でした。ミーティングの時に先生は『ああ、なるほ
どなぁー。』と誰もが納得する意見をたくさんだしてくれた
と思います。先生の一言で、みんなが心を入れ替えて、そし
て、いつもどおりの明るいバレー部にもどってきましたよね。私は、
『教師って、さすがに説得力があるなー。』なんて、感心
してました。と、同時にいそがしい先生をふりまわしたりして、
たよりすぎたと反省を感じることもありました。

144

みんながついてきてくれなくてもめた時に『どうしてこんなに
つらい思いをしなければならないんだろう…』と勝手に一人
で思っていたけど、私達がわれることで、先生が一番つらかっ
たのでは…、と、引退直前になって気付きました。本当に
本当に先生には苦労をかけました。すみませんでした。

バレー部に入っていろいろなことを勉強しました。人の意
見というのは、数々くあるんだということ。人をまとめるという
とてもむずかしい役について悩んで泣いたこと。『人を思い
やる心』それを教えてくれた素晴らしい仲間が、つらい
ことがあってもそれを支えてくれた心強い仲間が、いつ
でもそばにいてくれたこと。そして、仕事をつぶし、体を
悪くしてまで指導をしてくれ、私達のために全力をつくし
てくださった先生がいるんだということ。まだまだ書ききれ
ないほどたくさんあります。大会や練習試合でよい
結果は残せなかったけど、それ以上に学んだことがたく
さんあったのでよかったです。これから生きていく中でこの
学んだことを活かしていかし何事にもチャレンジャー精神で
ぶつかっていきたいと思います。

最後に先生と後輩達が今まで以上によいバレー
部を作りあげていってくれることを期待して終わり
にします。本当にお世話になりました。ありがとうで
ざいました。

（これが、次の代の部長の手紙です）

145

7　忘れられない一言

　俺もいつの間にか 40 歳を超えていた。英語の授業も学級担任としても
ある程度自信を持っており、どんな学校でも大丈夫だと思っていた。

　しかし、現実はそう甘くはなかった。俺が赴任したその学校は、毎日の
ように火災報知機が鳴り、消火器がまかれ、掲示物は破かれていた。ひど
い時は 3 階から机や椅子が降ってくる。花壇やプランターも荒らされ、ち
ぎれた花が散乱している。そんな学校だった。掃除もあまりされておらず
ゴミだらけの廊下をよく見かけた。まるで映画のクローズのようだった。
（不良が競って学校の天下（てっぺん）を取る抗争を描いたドラマ）

　俺は赴任して早々一番荒れている中学 3 年を担任することになった。

　給食の時間はよくデザートがなくなる。給食のワゴンが教室に運ばれて
くる前に誰かがかっぱらってしまうのだ。だから担任はいつも給食の時間
は緊張して見張っていた。ある時給食当番の生徒が俺にこう言った。「先生、
唐揚げが入ったトレイがありません。」「えっ、トレイごとないのか。」「は
い。」俺は近くの先生に声をかけ、すいません、唐揚げの入ったトレイを探
すのを手伝ってもらえますかと頼んだ。俺は考えた。いくら唐揚げのトレ
イを盗んだとしても、あの量を給食前に全部食べるわけはない。絶対にど
こかに隠している。どこだ、隠し場所は、俺はあたりを付けた。あるとす
れば、体育館裏か、体育倉庫の裏、そしてプールの下だ。手分けをして探
す。俺はプールに向かった。そして見事唐揚げのトレイを見つけた。携帯
電話で、一緒に探してくれた先生にあったことを連絡する。唐揚げのトレ
イを抱え、教室に帰る途中の廊下でこちらを見ている生徒がいる。舌打ち
をしたのが一瞬見えた。『あいつか。でも証拠はないしな。クソッ』俺が教
室に帰ると給食当番は大喜びだった。生徒の笑顔を見たので、すべて忘れ
ることにした。しかし、安堵するのもつかの間、空き教室を見ると、黒板
に牛乳パックが投げつけてあった

　学年集会を開くと、すでに学年集会が始まっているのに、後ろでバスケ
ットをやっている奴らがいる。注意に行く。するとボールを生徒同士で回
しこちらをおちょくるかのような態度で迎える。「いい加減にしろ！」と怒
鳴ると、口々に悪口を言いながら体育館を出ていった。

総合的な学習の時間が始まる。しばらくすると向こうの廊下でガラガラと音がする。見に行くとＰＣ室から取ってきた車付きの椅子を使い廊下でレースをしている。注意をするとそのまま逃げていった。

　一番最悪だったのが選択体育の時間だ。問題行動のある生徒が本来の選択の授業に出ずに体育館に集まり、何とバスケットボールを蹴っ飛ばしてサッカーをするのである。一般生徒に当たったら大けがである。さすがに俺一人ではどうしようもないので職員室に電話をして先生方に来てもらい生徒を本来の場所に返した。さすがの俺も奥さんに「俺、どうしようもなくなったら、先生辞めてもいいか。」と弱音を吐くほどに追い詰められていた。そうしたら「いいよ、別に。体も心も壊して仕事をしても仕方ないから。何とかなるよ」この一言で力がふっと抜けた。それでも心はやはり重かった。

　俺はある土曜日、あまりにも学校の壁が汚いのでペンキ塗りをすることを思いついた。幸い学校にペンキもブラシもある。そしてクラスに伝えた。「明日、学校のペンキ塗りをするんだが、来てくれる人はいないかな。」返事はない。考えてみれば、どんな学校だとしても、彼らは受験生だ。そんな暇のあるやつはいないかもしれないと半分あきらめていた。

　翌日、ペンキ塗りの用意をして教室前で待っていた。誰も来ない。『だよな、仕方ない一人で始めるか』そう思ったところに８人の生徒が来た。「先生すいません、部活の先生にペンキ塗りのことを話して来たもので、遅くなりました。」「えっ、あ、うん、ありがとう。」なんと彼らはペンキ塗りのために来てくれたのだ。この８人はまさに掃き溜めのツルのような存在だった。常に掃除も委員会の仕事もきちんとこなす、８人のうち３人は生徒会にも属している。心が温かくなった。「じゃあ、お前たちの特別なペンキ塗りスーツをあげる。」「なんですか、それ。」俺は大きな黒のビニールでできたごみ袋に頭と腕のところに穴をあけたものを渡した。「ゲッ、先生これゴミ袋じゃないですか。」「そうだ、でもね、それ着るとペンキでジャージが汚れないよ。」みんな笑っていた。黙々とペンキを塗る彼ら。その姿を見ていて、嬉しさと同時に悲しさがこみあげてきて、つい口走ってしまった。

「いつも、悪いな、お前らにばかり苦労かけて。先生、教室ではいつも怒ってばっかりだしな。」するとしばらく沈黙が続く。そしてその中で一番無口なS君が口を開いた。「**先生は、正しい。**」俺はその言葉でその場に泣き崩れそうになった。この子たちには俺の気持ちが通じてるんだ。何とかこの学校をよくしようと頑張っている姿を認めてくれてるんだ。

　その時、俺はものすごく大きな勇気をもらった。『絶対、俺がこの学校を立て直してやる』と心に誓った。

　幸い中学3年の後半は一部の生徒をのぞき、受験があるので落ち着いていった。俺は学校の様子を学級通信を使って頻繁に保護者に伝えた。そのおかげで保護者も協力的だった。大きな立て直しはできなかったが、少しずつ学校が落ち着いていった。

8　学校の立て直し

　翌年、俺は、中学2年生の学年主任を任命された。俺の心はこの学校の改革に燃えていた。今までは一介の担任にすぎなかったが、今度は学年主任だ、学年全部を変えていける。学校の実態を考え、それに沿った学校改革を進めていこうと心に誓った。

　はじめての学年集会。もちろん後ろでバスケットをやっている生徒はいない。学年主任の話として、俺は開口一番生徒に言い放った。「今この学校は残念ながら、よい学校とは言えない。だからと言ってこのままでいいとは決して思っていない。これからはこの学校を、先生方も含めみんなの力で変えていこう。この学校を変えていくのはお前たちだ。そして先生方も含め『**俺たちはチームだ**』これをスローガンに頑張っていこう。」このメッセージが生徒にどれだけ伝わったかは分からないが、本気だけは伝わったようだった。

　まず、取り組んだもの。もちろん、それは総合的な学習のやり方だ。校長にお墨付きをもらい。俺の学年だけは独自路線を貫くことにした。それは、図書館やインターネットで調べただけの事実を模造紙に書いて発表す

る方式を捨て、自分の足と目と耳と口を使って情報を集め、自分たち独自の研究物や掲示物を創ることだ。さっそく、学年全体でその学区のオリジナルマップ作りを始めることにした。その地区の西側半分を8区画に分け、クラスの班ごとにそれをさらに振り分け、実際に出かけていき、そこにあるお店の人や住民の人にインタビューをして、情報を集め、写真を撮り、2学年全員でオリジナルマップを作るのだ。もちろん遠いところは自転車で出かけていく。だから安全面やお店へのコンタクトなど、事前準備は半端なかったが、この総合的な学習を通して、生徒たちは本当に研究や学習とは何かをつかんだようだった。口々に面白い、愉しかったの声が聞こえた。中には、お弁当屋さんやレストランで食事をさせてもらった班もあったようだ。発表する方も聞く方も熱が入る。何せ、オリジナルマップには誰も知らないような事がたくさん書かれているのだ。

　とにかく、何が嬉しいかって生徒たちのたくさんの笑顔が見られるのが本当にうれしかった。もう1年前と同じ学校とは思えなかった。俺は思った『これが学校なんだよ。生徒たちの学ぶ喜びの顔が見えるのが。』

　続いて、学年集会の改革に取り組んだ。先生主体の学年集会は連絡や指導が主で、どちらかというと生徒は受け身になってしまう。そこで学年集会の中で、生徒のリーダーによるレクリエーションを取り入れた。これも生徒には好評で、学校に来る楽しみの一つになったのではないかと自負している。

　もう一つ、変えたことがある。それは、修学旅行前の事前学習を東京ウォークから鎌倉へ変えたことだ。それは、日本の文化を比較してほしかったからだ。鎌倉は鎌倉幕府が開かれた武士の文化の中心地だ。それに比べ京都は貴族文化の中心地だ。その違いを肌で感じてほしかった。だから、鎌倉に行く前に、そのテーマを絞らせた。京都に行くことを前提に鎌倉で何を見てくるかを考えさせたのである。神社仏閣、食べ物、建物、交通、自然等である。そして京都への修学旅行を終えたときに比較ができる研究物を作り上げさせるのだ。これも見事に成功した。いくら自主性が大切だといっても方向性を持たせてあげなければ深い学びには結びつかない。

　教師が思ったよりも、生徒たちは確実に成長していった。学校の空気が

変わってきた。物が壊れないどころがプランターの草花が美しく咲き始めている。まさにこの学校の春が来ているのだった。

彼らは中学3年生になり、修学旅行、体育祭、合唱祭と行事を終え、受験シーズンを迎えた。さすがに、ピリピリしている空気や張りつめているシーンが見られるようになった。しかし学校はずいぶんと落ち着き、生徒指導で夜遅くまで残るようなことは激減していた。あともう少し、この入試が終われば、彼らは新たな新天地へ飛び立っていく。そんな中、学年集会で俺は生徒にこう語りかけた。「今まで、みんなはよく頑張った。この3年生の先生方の期待に見事に応え、本当に落ち着いた学校にしてくれたと思う。ありがとう。そこで、さらにもう一つお願いがある。有終の美という言葉を知っているか。最後を美しく飾るということだ。そこでみんなにお願いしたいのは『美しい卒業式にする』ということだ。一緒にだれもが感動するような卒業式にしてほしいんだ。」　話し終えて、さて生徒達にはどれだけ伝わったかなあという気持ちだった。なぜなら、これからが生徒の入試本番だからだ。自分のことで精いっぱいな生徒もいるからなあと不安がよぎっていた。

やがて、入試が終わり、暦は3月に入った。ある時、休み時間に廊下を歩いていると生徒の間でこんな声が聞こえてきた。「なあ、美しい卒業式にしようぜ、俺たちの手で。」振り向くと向こうの方で生徒会の生徒たちが一般の生徒に話している。『俺の気持ちが生徒に届いている』うれしくて声を出しそうになったがぐっと我慢した。その気持ちは卒業式練習に表れていた。私たち教師が怒らなくても立派に練習しているのだ。

俺は、学年主任と担任を兼ねていた。だから卒業式は先頭で入場し、先頭で退場する。司会の声が響く「それでは、卒業生の入場です。」胸を張り、一歩一歩噛みしめながら入場する。全員が入場したあと呼名が始まる。はっきりと一人一人が返事をしている。式が始まり、歌、送辞、答辞と続く。滞りなく式が終わる。無駄な動きも異装の生徒も一人もいない。『そうか、お前たちは声を掛け合って美しい卒業式にしたんだな。自分たちの卒業式は自分たちで立派なものに作り上げたんだね。先生に言われたからじゃなくて』そう思ったとき、涙が込み上げてきた。もう涙を止めることができ

ない。司会が最後の言葉を放った。「卒業生、退場」　俺は涙をぬぐい、また学年の先頭に立ち卒業生を引き連れて退場する。『お前たちは本当に素晴らしい』そう思いながら退場していった。

　実は、この生徒たちの成長には、保護者の方々の大きなサポートがあった。なんでも信頼しあえるような先生方と保護者であった。そう俺たちは、先生も生徒もそして保護者も「俺たちはチーム」だったのである。なにせ学年便りの名前も**「俺たちはチームだ」**なのだから（笑）

　卒業式が終わり、生徒もほぼ全員がはける頃、校長室に呼ばれた。「川村学年主任、卒業式だけどな。」「はい。」ドキドキしながら次の言葉を待った。「まるで、うちの学校の卒業式じゃないみたいだ。立派だったぞ。」「ありがとうございます。」熱いものがこみ上げてきた。この日のために俺はがんばってきたんだなあと体全体でその言葉を噛みしめていた。「ところでだ、もう川村さんは、管理職試験を受かっているんだから、来年度からは教務主任だ。学校全体をよろしく頼むよ。」「はい。」

　そして、俺の教務主任が始まるのだった。

　学年主任は学年の生徒を率いるが、教務主任は全校生徒を率いるのが仕事だ。いよいよ学校丸ごと変えるチャンスがまわってきた。学校を丸ごと変えるのには二つの効果的な方法がある。一つは部活を強くして、生徒に規律と誇りを身に着けさせる方法。もう一つはボランティアを活発にして、人を思いやる優しくてよく働く生徒をたくさん増やすことだ。俺は後者を選んだ。

　まず、俺が最初にやったことは、バレー部が廃部になり、いらなくなったバレー部のユニフォームをアフリカに送ることだった。ちょうどアフリカへの支援物資を集めて送っているＮＰＯ法人があるのを知ったからだ。ただ１年間も男子更衣室に放置されたユニフォームだ、汚くてこのまま送るわけにはいかない。そこで、生徒にユニフォームを洗ってくれるボランティアを募集すると、すぐにボランティアが集まりバレーのユニフォームをアフリカへ送ることができた。アフリカの人が、わが校のバレーのユニフォームを着ている姿を想像して、ふと笑みがこぼれた。学校だよりは教

頭と教務主任とで作る。早速これを記事にした。

　次に近隣の公園を掃除することにした。もちろん学校のジャージを着て。近隣には公園がいくつかあった。次々と公園をきれいにしていくにつれ、近隣の方々からの評価が上がっていった。ボランティアをしていた生徒が、「先生、『えらいね』って言われました。」と笑顔で話してくれた。順調にボランティアが育っていく手ごたえを感じた。

　教頭先生が俺を呼んだ。「川村さん、どうだ、ボランティアの生徒もかなり増えてきたことだし、仲間意識をつくるためにも、帽子でも作らないか、予算ならあるぞ。」「本当ですか、では是非作らせてもらいます。デザインは生徒から募集します。」「いいアイデアだね。」

　帽子のデザインは「NIB」に決まった。早速注文して、帽子を作り生徒に配った。生徒はまさか、学校からボランティア部の証をもらえるとは思っていなかったので驚き喜んでいた。

　ボランティアの活動は、募金運動にも及んだ。チリで自然災害が起こったとき、生徒が俺のところにやってきて、「先生、チリの大地震で被災して困っている人のために、募金をして救済金を送りたいです。それで学校内だけでなく、一般の人にも募金してもらいたいんです。」「というと。」「はい、駅の前で募金活動がしたいです。」「わかった。やろう。自分たちから申し出てくれるほどボランティアの精神が育っているんだね。先生も嬉しいよ。」次の日からリーダーを中心に、募金箱や募金旗やビラを作り始めた。そして３日後募金が始まった。

　駅で声を張り上げて募金をしている生徒たちを見ていて胸が熱くなった。やっぱり学校っていいなあ。だから教育はやりがいがあるし、面白いんだ。

　翌年俺は教頭になって異動した。ある時、国語の先生から『教頭先生、先生のことが埼葛地区文集「さざなみ」に掲載されてますよ』と言われ、読んでみる俺が取り組んでいたボランティアの事が中心に書かれていた。

　やはり、学校は感動の宝庫だ！

＊手紙文＊
〈自分の思いを伝える〉

拝啓　川村先生へ

　　　　　春日部市　○○中

　　　　　　　　　○○○○

拝啓

　通学路にあじさいの花が咲きはじめ、つゆどきのむし暑さに、ときおり吹く風がとても涼しく感じられる季節となりました。

　川村先生、お元気ですか。川村先生が、○○中にいなくなってから、もう三ヶ月になります。先生との思い出がなつかしく感じられる事が出来るようになりました。先生と一緒に行ったボランティア（NIB）です。NIBではいろいろな事をしました。チリ大地震の募金活動や目の不自由な方々の為のハガキ集め、花や植物などの園芸活動にペンキ塗り、トイレや階段の掃除などです。特に、チリ大地震の募金のときには○○中はもちろん、近くの駅にも行って募金を行いました。中には、「頑張ってね。」や「えらいね。」などと言葉をかけてもらえてとても嬉しかったです。皆さんのおかげで

たくさんの募金が集まり、新聞の記事にもなってみんなで喜んでいたのを覚えています。

　他には、目の不自由な方々の為のハガキ集めなどもしました。このボランティアは毎年行っていたのですが、ポスターなどを作成して呼びかけたところ、今までで一番ハガキが集まりました。委員長と私たち二人の副委員長で寄贈しました。相手の方も喜んでくれていたので、良かったです。

　花や植物の園芸活動では、「人権の花」と名付けた色とりどりのチューリップやはなという変わった名前の花、枝豆なども育てました。春にはチューリップやはなが咲いてとてもきれいでした。毎回、先生と雑草を取ったり、水やりをしたりもしました。夏には枝豆をたくさん収穫出来たのでみんなで山分けして食べました。今年も枝豆を植えました。収穫できる日が待ちきれないです。自分達で作った枝豆は美味しくてたまりませんでした。「人権の花」の看板の下には今、マリーゴールドを植えました。

　　　毎日水やりを行っているので、

大きく立派な花が咲いてくれたらうれしいです。

　ペンキ塗りは先生と行う最後のボランティアでした。トイレの壁をみんなで一生懸命塗りました。ジャージや手や顔などにペンキがつきながらもみんなで頑張りました。後片付けも大変だったけれど、終わった後の達成感はとても良く感じられました。このほか、トイレや階段の掃除をしました。とても美しくなった学校を見て、心も美しくなるような質がしました。

　今、NIBでは地城のお年寄りの方々の為のお茶会のボランティアに頻まれて行っています。お菓子を配ったり、お茶をくんだりと忙しかったのですが、良い経験が出来たと思いました。これからもNIBをもっと盛り上げていきたいです。

　川村先生と一緒にボランティアを行う事が出来て良かったです。「人権の花」が咲いた頃には○○中に来て頂けたらとても嬉しいです。

　　　　　　　　　　　　　　　　　敬具

平成二十二年六月二十四日

　　　　　　　　　川村　光一先生

第5章　挑戦編　豊かな人生を生きる

挑戦その1　ワインが分かる男になる

　まだ俺が40代だったころ、金子先生から突然電話がかかってきた。「川村さん、帝国ホテルでワインの試飲会があります。行きませんか、3000円でワイン飲み放題です。しかも実際にブルゴーニュでワインを作っている農場主が来ているから面白いですよ。」「そうかあ、ワクワクするね、行くよ。」
今だから言えるがこれ平日なのだ。お休みをいただいてワインの試飲会へ行った。

　すると、ワインの農場を持ったお洒落なオーナーたちが、自分の農場のワインを振舞っていた。初めて飲む高級ワインの味など俺にわかるはずがない。それでもおいしいのと飲みすぎたのは覚えている。飲みすぎた勢いでブルゴーニュで一番偉いワイン農場のオーナーと肩を組んで写真を撮っていた。今思うと恥ずかしい。

　でも、これでワインの洗礼は受けた。そしてチーズとワインがいかにあうかも知った。フランスはやっぱり、お洒落だなあと思った。

　そんな俺に60歳を過ぎてから、本格的なワインとの出会いが来るとは思わなかった。　きっかけは、知り合いの今村佳奈さんから、こんな招待が来たからだ。紳士と淑女のためのワイン講座「モテモテワイン道！」という講座だ。帝国ホテルで飲んだワインの試飲会の記憶が蘇る。好奇心の強い俺は参加することにした。

　その講座は俺が知らない、不思議な魅力であふれていた。

　講師は、素敵なお二人、今村佳奈さんと柳川桂さんだった。二人ともワインを飲むというよりはワインを愛していた。『これほどまでに、二人がのめり込むということは、よっぽどワインには、他のアルコールにはない魅

力があるんだ』と直感した。

　俺が知っているワインの知識といったら、ワインの種類が、赤、白、ロゼがあり、フランスやスペインが有名だと言うことくらいだ。

　講座の一日目、ワインの産地とブドウの種類について学んだ。実はワインは世界中で作られている。もちろん、ワイン用のブドウを育てる条件はあるが、その数たるや半端ない。考えてみると、わが日本にもワインがあるではないか。しかも最近はその味も世界的に評価されているという。驚くような新事実ばかりだ。とりあえず有名なワインを作るための最適なブドウは、シャルドネ、ソーヴィニオン・ブラン、カベルネ・ソーヴィニオン、ピノ・ノワール、リースリング、ガメイ、メルロー、シラー、ゲヴェルツトラミエールなどだと聞いた。一例をあげるとシャルドネからはシャンパン（シャンパーニュ）が作られ、ピノ・ノワールからはロマネ・コンティ（高級ワインで有名）が作られ、日本でよく話題に上る、ボジョレー・ヌーボーはガメイから作られている。そのブドウの種類もさることながら、どこで作られたかにより、ワインの味や風味が変わってくると言うのだ。まるっきり同じ品種のブドウでも、寒冷地と温暖な地域で育った違いにより、風味や味が違う。寒冷地の方が、さっぱりと酸味が強いのが通常なのだ。

　講座の１日目、２日目とワインのティスティングに入った。ワインの外観（色調・粘度、濃淡）、香り、そして味わいである。色は淡いレモンイエローからブラックチェリーまで、アルコールの度数が高いほど粘度が上がり、香りはフルーツや花の香りにたとえられる。そして味は、酸味・渋さ・甘味があり、最後にワインの総合的な印象や評価をする。その評価も豊かな語彙力が求められる。例えば、『おいしい』や『飲みやすい』だけでは、そのワインの魅力が語られたことにはならない。つまり、『上品』であるとか『フルーティ』であるとか『豊潤』であるとか、少しきつい味でも『個性的な味』と評価するのだ。まさに、ワインのティスティングは芸術品の評価と同じだと実感した。正直を言うと、こんなに格調高い世界に、この武骨な俺がいていいのだろうかと不安がよぎった瞬間でもあった。

さて、この講座は全行程で４日間の計画なのであるが、俺の場合、３日目のマリアージュ（ワインと料理の相性を考えて、食事を楽しむこと）の日に都合が悪く行けなくなり、なんとすぐに、４日目の卒業パーティに参加することになったのだ。『やばい、ただ行ったとしても、せっかくの素敵な食事を伴ったパーティを、心から楽しめなくなる』焦った俺は、せめて知識だけは、３日目を終えた人たちと同じにならなくてはと思い、講師の今村さんに頼んで３日目の資料を送ってもらった。『うーん、一度読んだくらいでは内容が濃すぎて覚えきれない』俺は心底悩んだ。

　しかし、俺は覚悟を決めた。よし、ここで書かれていることを、完全に頭に入れて、何を言われても即答できるところまでやってみようと。まさに試験に挑む受験生になったのである。俺は資料を元に大きめの単語カードの表に質問、裏に答えを書いて、暇あるごとに見ることにした。試験まで１週間。徹夜こそしないものの、時間のある限り繰り返して覚えていった。

　卒業パーティ、別名『ワインのテスト日』、俺はドキドキしながら会場に向かった。最初は料理が出てきて、それに合わせたワインがでる。それがどの種類のワインか当てるのである。自分の覚えてきた知識をもとに答えてみる。前菜にあうワインの種類は間違えてしまった。『うっ、勉強したのに』やはり勉強と実践が違う。お料理が出るごとにワインが回ってきた。不思議なことにワインが入りリラックスしてくると、自然と口からワインやブドウの名前が出てくる。誰も間違えずに答えていく。最後のメインデッシュに合うワインを選ぶ、みんなの答えが割れる。ワインの名前が出るまでの緊迫の時間。「ワインは〇〇でした。この組み合わせでは、甘さがあるワインの方が正解ですね。」『うわ、外したぁ』

　答えは５問中３問正解でまずまず、でも、ワインと料理のおかげで気分は最高だった。愉しい２時間が終った。やはり頭だけの勉強では、実践には役に立たないと実感した。

　俺は、週末コースの「モテモテワイン道」に参加していたのだが、特別の図らいで平日コースの３日目に参加できるようにしてもらった。変な話だが、ワインの講座の卒業証書をもらってから、３日目のマリアージュの

回にでたのだ。この時は、気持ちに思い切り余裕があり、スタッフを引き受けるほどにリラックスして参加できた。

　この講座を通して、ワインだけでなく少しフランス語を覚えた。ソーヴィニオン・ブランの『ブラン』とは『白』のことであり、ピノ・ノワールの『ノワール』とは」『黒』のことであり、ボジョレー・ヌーボーの『ヌーボー』とは『新しい』と言う意味である。これを知っただけでも、その元が白ブドウが黒ブドウであるかが分かる。日本のワインの「甲州」が世界でも高い評価を受けていることも知った。

　そして、こう思ったのである。実践を伴う知識は食事の場合もその場を豊かにすると。そう、ワインを通して、ワインに関する文化や食事を楽しむ文化を学んだのである。このコースはさらに続く予定だ。来年は『世界を旅するモテモテワイン道！』と言う講座が計画されている。もうすでに、俺は申し込んだ。今から来年の１月が楽しみである。今村先生、柳川先生、この講座を受講させていただき、ますます俺の人生は豊かになりました。お二人には心からの感謝を送ります。　ありがとうございました。

挑戦その２　声優になる

　俺は、小学生の時「漫画家」になるのが夢だった。しかし、その夢は絶たれたものの、それでも今に至るまで漫画とアニメは大好きである。そして、還暦を超え、もう一度別の夢を持つことにした。それはアニメに命を吹き込む仕事・声優になることである。

　タレント養成所で、シニアの声優を募集しているという広告を見てダメもとで応募することにした。この声優の応募には面接があった。自己PRをする面接だ。俺は普通の自己紹介では目立たないと思い、策を考えそれを、実行することにした。

　面接の日を迎えた。「では、川村さん、自己紹介をお願いします。」「はい川村光一と申します。・・・」「ありがとうございます。それでは、最後に何かセールスポイントがありますか。」『きた、俺はこれを待っていた』「はい、あります。実は物まねができます。」「ほう、では見せていただけますか」「はい、『おう、ジュン。俺だよ、バカだなあ、わからねえのかよ、

俺だよ。蛍おめえもいたのか…』と田中邦衛の物まねをした。面接官は苦笑している。「いや、いや、どうも有難うございました。」笑顔で面接は終わった。

1週間後、タレント養成所からメールが届いた。『合格』の2文字が燦然と輝いていた。『やった、声優への一歩が始まったぞ！』俺は狂喜乱舞した。

週に一度のオンラインでの声優養成講座が始まった。今から3年前の事である。そして声優の講座が始まったとたん、先生の一言でどん底に落とされた。「うん、川村さんは声は大きくていいんだけど、活舌が悪いね。」『ええーなんということだ。それって致命的じゃないか！！！』

昔、若い頃に「川村さんはいい声をしているね。」とよく言われたことがあり自信があったのに、見事に奈落の底へつき落とされたのだ。

しかし、ここで夢をあきらめるわけにはいかない。「先生、どうしたらいいですか。」「うん、練習しかないね、毎日、母音の練習と五十音の練習をしてください。」俺は練習を始めた。もちろん、教えてくれる先生はいないから独学である。インターネットで「外郎売り」を発見して、それをお手本に何回も練習した。すべての文を暗記するほどになり、自分では少しマシになった気がしていた。ところが、相変わらず、どの先生からも活舌が悪いと指摘を受ける。少し、イライラが募ってきた。俺は声優になれないのか。そんな時、ある人からアドバイスをもらった。世の中にはボイストレーナーと言う人がいて、そういう人を見つけて相談してみればと言われたのだ。

そして、出会ったのが魚住智美先生だった。俺は本格的なレッスンを受け始めた。今まで、見たこともない聞いたこともないような練習方法を教えてくれた。そのおかげでマイクに通る声に少しずつ変わっていった。声を飛ばす方法を手に入れたのだ。しかし、まだまだ、サ行とハ行とラ行の音がクリアではない。そこで、また腹式呼吸のコツや口の筋肉の使い方を教わった。俺は必死に練習をした。

ある時、講座の先生から、「川村さん、活舌よくなってきたね、表現力もあるし、素直な表現がいい。」と褒められた。俺は天にも昇るような気持だ

った。ZOOM に映る自分の顔がにやけているのが分かる。これで声優になれるチケットの１枚目を手にした気がした。だがこれは、それこそ声優の初めの一歩なのだった。

　講座を受けているうちにあることに気が付いた。それは行間を読み、そのセリフを言っている場面や登場人物の気落ちを読み取る大切さだ。正直これがものすごく難しい。講座の先生が言われた。「声優と俳優の違いが分かりますか。もちろん、声優も俳優の要素を持っていますが、決定的に違うのは、俳優の場合は演技を見て、観客がその場面や登場人物の気持ちや立場を理解しますが、声優の場合は、それをすべて声で表現しなくてはならないのです。」つまり、より繊細な表現が必要とされるのである。

　講座がすすむにつれて、同期生がどんどんうまくなっていく。俺は焦っていた。『このままでは、声優になる２枚目のチケットを手にいれることができない』そんな時、同じ声優を目指している H さんと出会った。とても聡明そうな、そして声のきれいな女性である。アナウンスがとてもうまい。それに、積極的に講師にも質問をしている。俺は H さんの中に声優になるための本気を見た。そこで、思い切って H さんに連絡を取ってみた。

　最初は驚いていたようだが、本気で声優になるという意欲の点で俺たちは理解しあい、仲間となった。「H さん、今度、二人で ZOOM を使って声優の練習をしませんか。講座だけでは、どうも練習が足りない気がして。」「いいですよ、やりましょう。」そして、練習が始まった。H さんは練習も手を抜かない。アナウンスも抜群にうまく、場面をしっかりと意識して役をこなしている。

『さすがだな、H さん』と思った。ある時、男女の掛け合いのある脚本を二人で演じてみた。もう、楽しくて仕方がない。俺は心から H さんに感謝した。モノローグでないかぎり、相手がいた方が練習効果は高い。

　ある時、H さんから、こんな話をもらった。「声優能力検定と言うのがあるんだけど、受けてみない。」「えっ、そんなのがあるんですか。」「うん、私は２級と３級を同時に受けてみる。」「すごい、俺の場合はまだ活舌に問題があるから３級と４級を受けてみます」

　H さんは、見事に２級と３級に合格した。俺は４級は合格したものの、

３級には落ちてしまった。俺は自分の甘さを後悔した。少し活舌がよくなったからと、なめていたのだ。負けん気の強い俺は、『よし、次は３級ではなく飛び級で２級を受ける』と決めた。考えてみると俺にはあまり時間がない。なにせもう還暦を過ぎているのだから。

　まだまだ声優になる道は遠いが、必ずや声優になって見せます。皆さん、楽しみにしていてくださいね。

挑戦その３　橋架村塾を設立する

　俺はついに、公立、私立を含め、小学校、中学校、高校で教える経験ができた。さらには大人に英会話を教えたこともある。相手が何歳であろうと英語の勉強が好きになり、英語力をつける自信ができた。

　もちろん、今まで「橋架村塾　勉強会」と言う名のもとに、月に一回の勉強会を開いてきた。その目的は、若手の教師の育成と、より良い英語指導をしたいと言う人のニーズにこたえた勉強会を開くことであった。それは教育こそがこの日本を変えていくと確信しているからである。

　俺が教師になったころは、日本の英語教育は、英語を流暢に話せる人間をだれも育成することができなかった。しかし、それも当たり前で、英語はコミュニケーションのツールではなく、単なる教養の一つであり、受験科目の一つであるにすぎなかったからだ。

　俺は、これを打破すべく４０年以上戦っている。最近やっとコミュニケーションとしての英語を教えられる教師が増えてきたところである。

　しかし、ただ英語が堪能に使える生徒を育成するだけでいいのだろうかという疑問が沸き上がってきた。確かに、how to say の学習方法は充実してきたが、what to say の方はどうだろうか。もっと行きつくところを考えると『人間教育』としてはどうだろうかと言うことである。

　実は、橋架村塾と言う名前は、あの吉田松陰先生がお創りになられた松下村塾を文字っている。さらには、英語とは、日本と外国を繋ぐ架け橋となり、さらには日本の明るい未来への懸け橋になるという考えからこの名前を付けたのだ。そして、もう一つ hidden meaning (隠れた意味)がある。

それは『橋を架ける場所は、どこか』ということだ。そう橋を架ける場所は『川』である。だから『橋架』の部分を『川』に変えると『橋架村塾』は『川村塾』となる。（どうだ、参ったか（笑））

　話を松下村塾に戻す。松陰先生は、塾生に「問答法」と言う教育を行った。つまり、塾生に『君たちはどう思うか』と常に問いかけるのである。そしてその教育を受けて育ったのが、伊藤博文、高杉晋作、山縣有朋、日下玄瑞など、そうそうたるメンバーである。俺はこの方法を大事にしている。全部教えるのではなく、「なぜ？」と聞くのである。この『なぜ』こそが考えを深くする。そしてこの質問をするためには、教える方も学ぶ方も知的好奇心が強くなくてはだめなのだ。だから俺の授業では、相手がだれであろうと「なぜ」を中心とした雑学が出てくる。

　たとえば、telephone　television　telescope　telegram　この４つの単語を見て気が付くことがあるかと質問する。すると tele が共通であることに気が付く。『ではこの tele とはどういう意味が考えてみよう』と質問していくのである。やがて、tele が『遠い』とか『離れている』という意味をもっているのが分かる。

　俺は、こういう知的好奇心に重点を置いた授業ができる英語教師をたくさん育てたい。そのためには、月に一回では、間に合わない。俺には残された時間があまりないのだ。

　そこで、もう少しマンション経営が軌道にのったら、渋谷のマンションに橋架村塾を設立したいと思っている。

　集める塾生は、先生にこだわらず、英語を勉強したいもの、英語を教えたいもの、とにかく英語に関わりたいものすべてである。

　そして、欲張りな俺は、日本の歴史や文化についても教えたいと思っている。歴史などは聞いていても、教えてもワクワクする。なぜならそこにドラマがあり、まさに人間の生きざまを学べるからだ。

どうです、ここまで読んできて、あなたの心が少しでも動きましたか。

　もし、あなたの心が動き、この川村と一緒にこれからの日本の英語教育を支える決心ができたら、我が橋架村塾の門をたたいてください。共に橋架村塾のスタッフとして日本の教育に一石を投じましょう。

　この日本で欲張りな唯一無二の学校です。

　あなたの来塾を心よりお待ちしております。

生涯現役で感動の人生を生き抜きたい！

　ありがたいことに、何とか「ゴーインにマイウェイ３」の発刊にたどり着くことができた。今までにゴーインにマイウェイシリーズは２冊出しているが、今回が一番愉しかった。なぜなら、いろいろな人にインタビューをしてその人の体験や、やりがい、夢を聞き、**ワクワクする**ことができたからだ。そして、自分でも今回の企画はいい企画だと自負している。

　なぜなら、この本を読んでくださった方は、必ずここに掲載されている人たちの記事を読み、元気、やる気、そして人生の大変さと面白さを感じてくれると思ったからである。現に最初の読者の俺がそうだ。（笑）

　最後の３章から５章にかけては、俺自身の事を書かせてもらったが、それは、**どうしても教師のやりがいや面白さを知ってほしかったからだ。**

　巷では教師の仕事は、まさにブラック企業のごとく言われている。でも、それでも、教師の仕事は本当にやりがいのある仕事だし、本気で取り組まない限り教育はできないということを知ってほしくて書いたのである。ただ、今までのゴーインにマイウェイとゴーインにマイウェイ２をすでに読まれている読者にとっては、内容がダブる部分があるので、あまり新鮮味が無かったかもしれないので、そこは心よりお詫びしたい。

　最後に、これからの自分ですが、今でも解決しなくてはならない問題が山積みです。両親のこと、マンションのこと、自分の老後のこと、遺産相続税のこと、健康の事。でもね、体が何とか健康なら、これからも声優をはじめ、いろいろなことにチャレンジしていこうと思っています。そのためには、仲間とこれからのご縁も大切にし、何よりも自分に愛想をつかさず支え続けてくれる妻に感謝して、**人生の幕を引く直前まで感動ある人生を、**送りたいと思います。

　最後に、まずは巻頭言を書いてくださった今村佳奈様、原稿の推敲を手伝ってくれた藤田由布子先生、本当にありがとうございました。

　また、この本「ゴーインにマイウェイ３」を発刊するにあたり、力になってくださった銀河書籍の家本照彦様にも心より感謝申し上げます。

　それではまた、「ゴーインにマイウェイ４」でお会いしましょう。

著者紹介

川村　光一（かわむら　こういち）

青山学院大学在学中 Oregon 州立大学留学-Oxford Language Center 研修

昭和 55 年　イトキン株式会社勤務

昭和 56 年　久喜市立久喜東中学校教諭

平成　3 年　テキサス大学海外研修（文部省）

平成　7 年　埼玉県埼葛地区英語教員自主サークル（LINKS）設立

平成 11 年　英語教員自主勉強会「橋架村塾」設立

平成 22 年　幸手市立東中学校教頭

平成 24 年　杉戸町立第三小学校教頭

平成 25 年　春日部市立豊野中学校教頭

平成 25 年　グローバル人材育成教育学会発起人

平成 27 年　栄東中学高等学校　英語教諭
　　　　　　NPO 法人　e-pros 英語指導法フォーラム　講師

令和 4 年　さとえ学園小学校　非常勤講師

令和 5 年　佼成学園女子中学高等学校　非常勤講師

主な著書

① 生徒の英語力を飛躍的に伸ばす! 弾丸インプット ワーク&指導アイデア 52 (授業をグーンと楽しくする英語教材シリーズ)　明治図書

② 生徒熱中! 英語力が抜群に伸びるコミュニケーション活動&ゲーム 中学 1 年～ 3 年(授業をグーンと楽しくする英語教材シリーズ)　明治図書

③ 学習困難を克服する! 英語授業アイデア&スーパーワーク (授業をグーンと楽しくする英語教材シリーズ)　明治図書

④ 「ゴーインにマイウェイ」「ゴーインにマイウェイ 2」自伝 (自費出版)

⑤ 「弾丸インプット&弾丸ライティング」小学生用教材集　(自費出版)

⑥ 「未来に架ける橋」橋架村塾　中学・高校用教材集　(自費出版)

⑦ ミラクルカードオーダーゲーム　(英語教材販売)　(LOCK)

ゴーインにマイウエイ 3

発　行　日　2023 年 12 月 25 日　初版第 1 刷発行

著　　　者　川村光一

発　売　元　株式会社 星雲社（共同出版社・流通責任出版社）

　　　　　　〒 112-0005

　　　　　　東京都文京区水道 1-3-30

　　　　　　TEL03-3868-3275　FAX03-3868-6588

発　行　所　銀河書籍

　　　　　　〒 590-0965

　　　　　　大阪府堺市堺区南旅篭町東 4-1-1

　　　　　　TEL 072-350-3866　FAX 072-350-3083

印　刷　所　有限会社ニシダ印刷製本